Arena-Taschenbuch
Band 2570

Huguette Pérol
ist in Tunesien geboren. Sie ist verheiratet und hat drei Kinder.
Zusammen mit ihrem Mann verließ sie 1950 Tunis und wohnte dann in Marokko, Äthiopien und Algerien.
Nach ihrem Umzug nach Paris begann sie für Kinder und Jugendliche zu schreiben.
Ihr Interesse an fremden Ländern führte Huguette Pérol im Folgenden in den Libanon und nach Kuwait. Bevor sie sich in Rom, ihrem derzeitigen Wohnsitz, niederließ, lebte sie eine Zeit lang in Japan, mit dessen Kultur und Lebensweise sie sich eingehend beschäftigte.

Huguette Pérol

Takeo
oder
Das Gesetz des Stärkeren

Aus dem Französischen
von Bernhard Koppe

Arena

In neuer Rechtschreibung

Deutsche Erstausgabe
1. Auflage als Arena-Taschenbuch 1997

Titel der Originalausgabe: »La Loi du plus Fort«
Aus dem Französischen von Bernhard Koppe

Reihenkonzeption und Umschlagillustration: Wolfgang Rudelius
Einbandlayout: Karl Müller-Bussdorf
Gesamtherstellung: Westermann Druck Zwickau GmbH
ISSN 0518-4002
ISBN 3-401-02570-8

Ein paar Monate nach meiner Ankunft in Japan hatte ich Gelegenheit, eine Klasse der Unterstufe eines Gymnasiums, des *Chugakko**, wie man es dort nennt, zu besuchen. Die Schüler, denen man zuvor meinen Besuch angekündigt hatte, erwarteten mich im Klassenzimmer. Es waren etwa zwanzig Jungen im Alter von zwölf bis sechzehn Jahren. Mit ihren Augen, die sie wie Wachtposten halb geschlossen hielten, den glänzenden, kurz geschnittenen Haaren und den schwarzen, bis zum Kragen geschlossenen Uniformen wirkten sie auf mich sehr schön – kein Vergleich mit den Kindern in unseren Schulen, die eine andere »Uniform« tragen – Jeans!

Sie beobachteten mich schweigend und standen, Ellbogen an Ellbogen, so dicht aneinander gedrängt, dass ich den Eindruck hatte, ein mythisches Wesen vor mir zu haben – eine Hydra mit vielen Gesichtern, die nur **einen** Atem hatte und mich mit **einem** Blick fixierte. Und dann ließ sich eine Stimme hören, die des Wortführers, des Ältesten und Mutigsten, der immer für die anderen sprechen musste: »Was denken Sie über *Ijime?*«

Ich dachte gar nichts darüber, weil ich dieses Wort zum ersten Mal hörte. Er erklärte mir, dass *Ijime* derzeit die Schlagzeilen der Boulevardpresse füllte, und entschuldigte meine Unkenntnis damit, dass ich Ausländerin sei.

Ijime bedeutet laut Lexikon, einen Schwächeren, zum Beispiel ein Kind, zu misshandeln oder auch seine kleine Schwester oder eine Katze zu quälen.

In der Schule ist *Ijime* ein Spiel, das dem Stierkampf oder einer Hetzjagd ähnelt: Das Opfer wird von allen Seiten

---

* *Erläuterungen der japanischen Begriffe ab Seite 169*

eingekreist, isoliert, bedrängt, es wehrt sich bis zur Erschöpfung und schließlich ergibt es sich.

Es erwies sich als unmöglich, unsere Standpunkte in Einklang zu bringen. Deshalb war das anschließende Gespräch weniger eine Diskussion als vielmehr ein gegenseitiges Aneinander-Vorbeireden. Diese Kinder waren auf einer von Wirbelstürmen gepeitschten und von Erdbeben erschütterten Insel geboren und in einer Enge aufgewachsen, in der Beton und Urwald um Lebensraum stritten. Der Überlebenstrieb beherrschte alles. Er drängte sie dazu, diejenigen zu beseitigen, die zu schwach sind, sich zu verteidigen. *Ijime* war für sie der unvermeidliche Existenzkampf, aus dem der Mensch nur als Sieger oder als Besiegter hervorgehen konnte.

Für mich hingegen war es das größte denkbare Verbrechen, sich auf den Schwächsten zu stürzen, ein Verbrechen, für das man die Hölle erfinden müsste, wenn es sie noch nicht gäbe.

Ich war sicher, im Recht zu sein, und gleichzeitig überzeugt, dass mir diese Kinder nie beipflichten würden. Sie hatten mir die Frage zum Spaß gestellt, weil sie auf meine Reaktion neugierig waren: Aber meine Antwort war ohne jede Bedeutung für sie, denn das alles ging mich nichts an.

Ein paar Tage später erschien in einer japanischen Wochenzeitschrift unter der Rubrik »Vermischtes« ein drei Seiten langer bebilderter Artikel. Die Fotos zeigten eine lächelnde Mutter mit ihrem Baby auf dem Arm; einen Schüler, der aus der Hand eines festlich gekleideten Herrn einen Preis entgegennimmt; einen Gymnasiasten in seiner neuen Uniform und weiter hinten das Bild einer Gruppe von Kindern auf einem Sportplatz.

Immer wieder erkannte ich auf den Bildern denselben Jungen. Er hatte lebhafte Augen, Grübchen im Kinn und einen anmutigen Mund, der eher zu einem Mädchen als zu einem Jungen gepasst hätte – das Gesicht eines zarten und schelmischen Kindes. Sein Name war Takeo Kimura. Geboren war er in Tokio, der snobistischen Hauptstadt eines der reichsten Länder der Welt. Tokio: eine Stadt, die durch Erdbeben und Krieg zweimal verwüstet, zweimal wieder aufgebaut wurde; eine Stadt dazu verurteilt, das ganze Jahr pausenlos zu arbeiten – so wie ein Haifisch ununterbrochen schwimmen muss, um nicht zu sterben. Tokio, dessen unsystematische, maßlose Architektur eine Atmosphäre schafft, die Gewalt zwar nicht rechtfertigt, aber doch verständlich macht.

Die Geschichte von Takeo füllt nur wenige Seiten. Sie soll abwechselnd von denen erzählt werden, die ihn kannten: Yukio, der Klassensprecher, der die Verantwortung für das Drama trägt; seine Schulkameraden, die ihm kräftig halfen; Hiroshi San, der als Lehrer über dem Streit stand; Kimura San, Takeos Vater, ein Fabrikdirektor, der aus Sorge um die künftige Karriere seines Sohnes vergessen hatte, dass dieser noch ein Kind war; Emiko, seine Mutter, die ihren Sohn nicht in die Arme nehmen wollte, weil sie fürchtete, dass ihre Zärtlichkeit seine Schwäche fördern könnte, während sie doch – zu seinem Besten – wünschte, dass ihr Sohn stark würde; Tetsuko, seine auf dem Land lebende Cousine, und einige andere, Zeugen oder Täter.

Takeo wird das letzte Wort haben. Er hat das Recht zu entscheiden, wo das Spiel endete und wo *Ijime* – der Überlebenskampf – begann.

YUKIO

Im Herbst ist es richtig losgegangen. Bis dahin war Takeo ein Junge, den man gern haben konnte – in meinen Augen zwar ungeschickt, aber nützlich, immer bereit zu helfen, die Klasse aufzuräumen oder ein Buch zu verleihen. Er war ein fleißiger Schüler. Vielleicht zu fleißig! Ich sagte mir: Er bekommt die besseren Noten, weil er sich Mühe gibt. Aber wenn die Arbeiten zurückgegeben wurden, ärgerte ich mich doch jedes Mal über sein Lächeln, das bescheiden sein sollte, aber genau entgegengesetzt wirkte.

Wenn er schlechte Noten bekam – nicht in allen Fächern war er stark, vor allem nicht in Fremdsprachen –, dann fand ich seinen niedergeschlagenen Gesichtsausdruck noch widerlicher. Verlegen kaute er an den Fingernägeln und dachte an die auf ihn zukommenden Anstrengungen, um an die Todai zu kommen. Todai – das ist die berühmteste Universität Tokios, das Tor zu Glück und Ansehen, der Wunschtraum der Eltern und der Alptraum der Kinder.

Seit er Anfang April in unsere Klasse gekommen war, hatte Takeo sich um die Freundschaft zu seinen beiden Banknachbarn bemüht. Aber er passte weder zum einen noch zum andern. Masato ist ein dicker Kerl, der es in der Schule wohl nicht weit bringen wird. Er interessiert sich für Glücksspiele, Pornos, Kochrezepte – also für alles, was Takeo fremd ist. Kenzo ist der Beste in Übersetzung und sein Aussehen sagt alles über ihn: Er ist hager wie eine Heuschrecke und trägt eine Brille mit Metallfassung. Takeo musste für ihn einfach zu einem gefährlichen Konkurrenten werden.

Es machte mir Spaß, sie während des Unterrichts von meinem Platz hinten in der Klasse aus zu beobachten. Takeo drehte sich oft um, als fühle er meinen Blick auf sich. Mir wurde bald klar, dass er mich fast krankhaft verehrte. Doch warum? Das verstand ich nicht. Vielleicht, weil er der Kleinste und Schüchternste war und ich dagegen der Größte und Mutigste.
Bei der Klassensprecherwahl setzte er sich jedenfalls für mich ein und gratulierte mir als Erster zum Sieg.
Seit dieser Zeit hing er wie eine Klette an mir. Ich konnte keinen Schritt mehr ohne ihn tun. Beim Baseball war er immer direkt hinter mir, ebenso während der morgendlichen Gymnastik – das heißt, schon um sieben Uhr früh –, wenn ich mit Kenzo über ein *Go-Spiel** stritt. Er lief wie ein Hündchen hinter mir her, wenn ich von der Schule nach Harajuku ging und zusammen mit Nakaï die Mädchen anmachte. Nakaï ist ein Junge aus einer höheren Klasse, der später bestimmt außerordentlich erfolgreich sein wird. Umso erstaunlicher, dass er der Bruder des fetten Masato ist!
Ich hatte Takeo niemals etwas Böses tun wollen. Seine Anhänglichkeit aber ging mir auf die Nerven und das steigerte sich noch, als er mich nachzuahmen begann: Er zog die Mütze bis zu den Augenbrauen herab, trug einen Strick um die Stirn, ging mit weit ausholenden Schritten und hielt dabei die Hände auf dem Rücken . . . Kurz, er machte mich nach wie ein Affe.
Allmählich wurde ich unfreundlich zu ihm, damit er mich in Ruhe ließ.
Ich fragte ihn: »Zu welchem Tierkreis gehörst du?«
Wir waren beide 1973 geboren, ich im Januar, er im

Dezember . . . doch ich war einen ganzen Kopf größer als er!
»Ich bin Tiger wie du!«
»Bist du nicht eher Waschbär?«
Als er sich daraufhin vor mich hinstellte, zog ich ihn an den Schultern hoch, ließ ihn einen Augenblick mit den Beinen in der Luft zappeln und dann herunterfallen.
»Hau ab, du Winzling!«
Ein anderes Mal schaute er bei einem Baseballspiel zu, bei dem ich gegen Nakaï spielte. Ich warf ihm den Ball mitten ins Gesicht. Ich tat es nicht absichtlich – der Ball flog sozusagen von allein in die Richtung –, aber ich fand es doch sehr lustig. Nakaï hielt sich die Seiten vor Lachen. Ich entschuldigte mich, nahm Takeo unter den Arm und ging mit ihm zum Waschraum. Dort tupfte ich die dicke Beule auf seiner Stirn mit kaltem Wasser ab und versprach ihm beim Weggehen, dass er von nun an mitspielen dürfe. Dieses Versprechen wurde aber nie eingehalten, da Takeo keinen Funken Talent für das Spiel oder irgendeinen anderen Sport besaß und wir umgekehrt auch keine Lust hatten, uns mit ihm zu belasten. Dennoch war er überzeugt, mein eingeschworener Freund geworden zu sein, bereit für mich sein Leben zu opfern wie ein *Samurai** für seinen *Shogun**. Das passte mir noch weniger: Ich kann es nicht ausstehen, wenn man sich mir aufdrängt.
Anfang Mai, im Monat der Irisblüten, gab es kein anderes Gesprächsthema als die Prozession der Altäre zum *Asakusa**-Tempel. Das ist mein Lieblingsfest, weil es dabei lustig zugeht und man sich richtig amüsieren kann. Dicht drängeln sich dort die Frauen, die keine Gelegenheit auslassen, ihre Seidenkimonos zur Schau zu stellen. Ihre kleinen

Kinder führen sie wie Puppen vor. Die Männer dagegen tragen einfach ihren Baumwoll-*Yukata** und Socken.
Als Klassensprecher war ich beauftragt worden, etwa zwanzig Schüler auszusuchen, die eine der Pagoden tragen sollten. Die Pagode aus Kupfer und poliertem Holz war mit klingelnden Amuletten und Glöckchen verziert, wog hundert Kilo und stand auf einer massiven Bahre.
Die Auswahl der Teilnehmer führte zu Diskussionen, aber als ich die endgültige Liste erstellte, ließ ich Takeo darauf. Nakaï, ohne den ich niemals etwas entscheide, machte mir Vorwürfe: Takeo, dieser Schwächling, würde bestimmt noch während der Runde um den Tempel zusammenklappen. Was für einen seltsamen Einfall ich da gehabt hätte! Ich entgegnete ihm, dass mir die Idee selbst eigenartig vorkäme, ich den Zwerg aber auf die Probe stellen wolle. Seit Wochen scharwenzele er um mich herum und ich müsse endlich wissen, was wirklich in ihm stecke.
Nakaï bestand nicht auf seinem Einwand. Schließlich haben wir nicht so viele Gelegenheiten, uns zu amüsieren. Wir waren alle beide ungeduldig wie am Abend vor einem interessanten Baseballspiel.
Endlich kam der große Tag. Wir hatten uns am Ausgang der U-Bahn verabredet. Alle waren pünktlich da. Was für ein Anblick! Jeder aus der Klasse trug seinen *Yukata* und ein geknotetes Taschentuch als Stirnband. Wir sahen aus wie in einem historischen Gemälde. Zum ersten Mal seit meiner Wahl zum Klassensprecher hatte ich das prickelnde Gefühl, wirklich der Anführer zu sein.
Ein nicht enden wollender Strom von Pilgern schob sich an den Geschäften in der Einkaufsstraße vorbei, verteilte sich, zog um den Tempel und verlor sich dann in den

Gassen des Viertels. Unter Einsatz der Ellbogen gelang es mir, meiner Truppe einen Weg bis zum Fuß der Haupttreppe zu bahnen, wo die Pagoden aufgestellt waren. Ich erteilte klare Anweisungen: An der Spitze würde ich mit Nakaï, der so groß war wie ich, marschieren. Dahinter sollten die Baseballspieler folgen und die Handballmannschaft mit Kenzo am Schluss gehen. Abwechselnd sollten Große und Kleine so aufgestellt werden, dass die Kräfte gleichmäßig verteilt waren.

Zum Schluss sagte ich aufmunternd: »Ich verlasse mich auf jeden von euch, auch auf dich, Takeo. Heute hast du Gelegenheit zu zeigen, was du kannst; du gehst direkt hinter mir, damit ich auf dich aufpassen kann!«

Takeo konnte sich vor Freude kaum fassen und strahlte. Für den Marsch zum *Asakusa* ausgewählt worden zu sein und an der Spitze direkt hinter dem Anführer zu marschieren! In dieser Minute wäre er wohl auch in ein Feuer gesprungen, wenn ich es von ihm verlangt hätte.

Nakaïs Grinsen schenkte ich keine Beachtung – ich hatte auf unseren Kleinsten gesetzt. Wie gesagt: Seine Bewunderung mir gegenüber nervte mich, aber sie schmeichelte mir auch. Wenn er diese Prüfung bestand, konnten wir noch Freunde werden.

Es gab noch ein ziemliches Durcheinander, bis alle Träger ihre Positionen an der Pagode eingenommen hatten, einer mit der Hand unter dem Balken, der nächste darauf. Takeo war als Erster auf seinem Posten, als fürchtete er, dass ich meine Pläne noch ändern könnte. Mit einem Handzeichen gab ich das Signal. Man kann eine Pagode nur in mustergültiger Zusammenarbeit anheben. Alle müssen gleichzeitig in die Knie gehen und das Objekt, das so schwer ist wie

ein Holzhaus, mit einem Schwung auf die Schultern heben. Die Gruppen setzten sich in Bewegung. Sie trugen Pagoden jeder Form und Größe, vom Sakramentshäuschen bis zum heiligen Gebirge.
Der Zug begann den Gang um den Tempel mit lauten Rufen: *»Washo, washo*!«*
Die Musikanten auf den Gerüstbühnen beschleunigten den Rhythmus ihrer Trommeln und Kuhglocken. Zuschauer, die uns im Weg standen, wurden beiseite gedrängt. Aus allen Fenstern und sogar von den Dächern schauten die Leute zu. Tauben flogen aufgeregt über den Platz und kreischten, weil sie aus ihrer Ruhe aufgeschreckt worden waren.
Als wir etwa die Hälfte der Strecke hinter uns hatten, ließ Takeo erste Ermüdungserscheinungen erkennen. Zwar prahlte er immer noch und rief lauter als alle anderen sein *»Washo, washo!«* Aber die Last begann ihn zu drücken und im Geist hörte ich schon Nakaï lästern: »Das geschieht dir recht, hatte ich es nicht so vorausgesagt?«
Der Druck der Menschenmasse war so stark, dass wir wie Seeleute kämpfen mussten, die gegen die Strömung segeln und versuchen eine Klippe zu umschiffen. Takeo stolperte bei jedem Schritt. Aber bei seinem Anblick fühlte ich mehr Ärger als Mitleid: ich war dabei, eine Wette zu verlieren, und das tue ich nicht gern!
Wir näherten uns einer Kurve. In ihrem Übermut hatten die Träger angefangen im Takt zu springen, sodass die Pagode schaukelte und die Glöckchen klingelten. Beifallsstürme brausten entlang der Verkaufsstände auf und die Kinder auf den Schultern der Väter schwenkten ihre Lampions zu uns hin.

Bei jedem Sprung bückte ich mich so zur Seite, dass das volle Gewicht auf Takeos Schultern fiel. Er merkte genau meine Absicht, doch er wagte es nicht, sich deshalb zu beschweren. Die übrigen Träger und ich waren stillschweigend übereingekommen, ihn wie eine Marionette tanzen zu lassen. Er stöhnte und versuchte mit einer Hand den wundgescheuerten Rücken zu schützen. Das »kleine Genie«, das im Unterricht so angab, erwies sich als Kümmerling!
Es fehlten nur noch ein paar Meter bis zu dem Tor, das von zwei Fratzen schneidenden Dämonen bewacht wird. Wir hatten aufgehört zu hüpfen, aber die Pagode blieb zu Takeos Seite hin geneigt und so war er gezwungen die Bahre hochzuhalten, damit sie nicht abrutschte.
Eine Frau in der Menge zeigte mit dem Finger auf ihn und schrie: »Anhalten! Seht ihr denn nicht, dass er zu klein ist?«
Diese Bemerkung heizte uns erst richtig an. Ein paar Schüler unserer Klasse, die nicht zu den auserwählten Trägern gehörten, liefen auf dem Gehweg nebenher und machten spöttische Bemerkungen. Ich klammerte mich an die Vorstellung, dass Takeo bis zum Ende durchhalten würde, wenn er die Zähne zusammenbiss. Er konnte es, er musste es nur wollen. Das Ziel lag zum Greifen nah.
Der große Platz war erreicht. Aus unzähligen Taxis stiegen die Fahrgäste aus: Kinder in Kimonos, gut gelaunte Großmütter, Pärchen jeden Alters kamen zum Fest. Ich dachte: »Wenn er durch das Tor kommt, ist er mein Freund.«
Es war seine letzte Chance. Und gerade in diesem Augenblick ließ er heulend die Bahre los. Er hatte die Nase voll, er konnte nicht mehr, er wünschte uns alle zum Teufel.

Wir stellten die Pagode neben dem Gehweg ab, ohne uns um sein Gejammer zu kümmern. Keuchend und schwitzend blieb er dicht an meiner Seite. Mit blau angelaufenen, wie Krallen geformten Fingern rieb er sich den schmerzenden Rücken.
»Lass mal sehen!«
Nakaï zog das Hemd von der blutrot verfärbten Schulter und rief die anderen herbei.
»Seht mal seine zarte Haut! Wie ein Mädchen!«
Takeo hatte seine *Yukata* wieder zurechtgerückt. Sein schmerzverzerrtes Gesicht war zu einer Grimasse entstellt. Er stöhnte. Da hatte ich mir einen schönen *Samurai* ausgesucht!
»Komm mit, wir trinken eine Cola, ich hab fürchterlichen Durst!«, sagte Masato zu ihm.
Das war zu viel! Keine Minute hätte ich ihn noch ertragen können. Zu allem Überfluss entdeckte er auch noch seine Mutter, die sich mit Freunden unterhielt. Ich hatte sie einmal bei einem Elterntreffen in der Schule gesehen. Sie war hübsch, aber ziemlich aufgetakelt, so wie die Frauen in der Fernsehwerbung. Takeo wäre sicher gern zu ihr hingelaufen, um sich trösten zu lassen. Sie winkte ihm zu, aber er rührte sich nicht: Er hatte Angst vor mir. Als sich unsere Blicke kreuzten und er zitterte, fühlte ich so etwas wie Genugtuung.
Kenzo wurde ungeduldig: »Los, lasst uns gehen! Worauf warten wir noch?«
»Darauf, dass Takeo sich endlich wieder anzieht!«
Fürsorglich wie eine Amme half Masato seinem Freund den *Yukata* zuzumachen. Takeo beeilte sich, denn er fürchtete allein zurückbleiben zu müssen.

Ich sagte nur trocken: »Nein, wir warten nicht. Er ist müde, er muss sich erholen.«
Ich wollte nichts mehr von Takeo wissen. Takeo war kein Sieger, kein funkelnder Säbel, sondern nur ein Objekt aus Lehm, das man mit einer Handbewegung zu Staub verwandeln konnte. Ich hatte mich durch seine ausgezeichneten Leistungen im Unterricht und sein schönes, mädchenhaftes Gesicht täuschen lassen. Aber was nützen Intelligenz und Schönheit, wenn man keinen Charakter und keine Kraft hat? Ich sah nur noch einen Kranken in ihm, ein räudiges Schaf. Und das musste man schleunigst aus unserer Gemeinschaft entfernen.
Die einhellige Zustimmung der anderen dafür konnte ich leicht erlangen. Es genügte, zwei enge Gefolgsleute auszuwählen, die nämlich, mit denen ich schon durch dick und dünn gegangen war: Kenzo, dessen bleiche und magere Erscheinung auf eine zerstörerische Intelligenz schließen ließ, und Nakaï, dessen besonnene Gesten und spontanes Lächeln von angeborenem Mut und Treue zeugten. Obwohl Nakaï nicht in unsere Klasse ging, nahm er an allem teil, was wir in der Freizeit trieben. Sein Einfluss auf die anderen und seine Entschlusskraft waren nützlich. Und schließlich war er der Bruder von Masato, dem dicken Feigling und schwatzhaften Banknachbarn unseres künftigen Opfers. Das konnte für mich nur von Vorteil sein.
Ein heimliches Treffen zu dritt war genug, mir ihre Mithilfe zu sichern. Für die restlichen etwa dreißig Mitschüler reichten Gespräche unter vier Augen, bei denen ich meine Absichten gar nicht ganz aufzudecken brauchte.
Ich fing damit an, Takeos Schwäche anzuprangern, sah

ihnen dann fest in die Augen und fragte ganz direkt: »Machst du mit, wenn wir ihn ausschalten wollen?«
Kein Einziger weigerte sich.
Kurz vor den Sommerferien kam ich auf die Idee, mit einem harmlosen Streich die Solidarität der Gruppe zu prüfen. Während des Japanischunterrichts klopfte Kenzo, der direkt hinter Takeo in der zweiten Reihe saß, ihm auf die Schulter, beugte sich vor und sagte verschwörerisch: »Yukio will dich sprechen, geh zu ihm, es ist eilig!«
Takeo blickte kurz zum Lehrer, der etwas an die Tafel schrieb, und entschloss sich schnell. Es war sehenswert, wie er vorsichtig nach hinten schlich und sich wie ein Hund, der um eine Leckerei bettelt, neben mich stellte. Ich tauchte meine Feder in das Tintenfass und setzte meine Arbeit mit doppelter Konzentration fort, wobei ich von Zeit zu Zeit einen Blick auf ihn warf. Ich amüsierte mich sehr über seine Ungeduld, die sich nach einer Weile zur Aufregung steigerte. Der Text auf der Tafel wurde immer länger, jeden Moment musste der Lehrer sich umdrehen.
Leise flüsterte Takeo: »Was willst du von mir?«
Ich blieb stumm. Die Sekunden verstrichen, ohne dass Takeo wagte, mich wegen einer Antwort anzustoßen oder einfach zurückzuschleichen. Mit einem weinerlichen Gesicht, das nervös zuckte, blieb er einfach stehen. Meinetwegen hätte das noch ewig so weitergehen können, aber Hiroshi San war mit seinen schön geschriebenen *Kanjis** fertig.
Mit einem Ton, aus dem mein Ärger über die Störung herausklang, sagte ich so laut, dass es jeder hören konnte: »Was ich will? Dass du mich in Ruhe lässt! Du störst mich, geh zurück zu deinem Platz!«

Der Lehrer hatte die Kreide in eine Schachtel zurückgelegt und ging in den Mittelgang, wobei er sich die Hände mit einem Taschentuch abwischte. Er war ein gewissenhafter Herr, der gern zeigte, wie wichtig er Sauberkeit nahm.
Einen Schritt vor Takeo hielt er an und zermalmte ihn mit seinem Blick: »Es ist verboten, während des Unterrichts seinen Platz zu verlassen, Takeo Kimura«, sagte er mit erhobener Stimme, um die Strenge seiner Aussage zu betonen. »Ich bin verpflichtet einen Verweis einzutragen. Schade, ein guter Schüler wie du! Aber das wird dir die Lust auf weitere Störungen austreiben!«
Ich gab das Signal für ein abfälliges »Buh«, während der Waschbär mit gesenktem Kopf zurückschlich. Die ganze Klasse lachte, bis auf Masato, dessen Mondgesicht einen so traurigen Ausdruck annahm, dass es fast schon wieder komisch wirkte. Takeo drehte sich um und verlangte mit leiser Stimme eine Erklärung von Kenzo. Aber der stellte sich taub.
Diesmal ärgerte der Lehrer sich wirklich: »Takeo Kimura! Nimm dein Heft und schreib, wenn du nicht noch einen zweiten Tadel haben willst!«
Widerspruchslos nahm Takeo seine Arbeit auf. Der *Kanji*, den wir abschreiben sollten, war kompliziert: Vierundzwanzig Pinselstriche, um ein Seeufer darzustellen. Bestimmt hatte Takeo jetzt eiskalte Hände und verstand die Welt nicht mehr. Da ihm jeglicher Sinn für Humor fehlte, musste ihm völlig rätselhaft sein, was gerade geschehen war.
Wenn ich heute daran zurückdenke, so sage ich mir, dass es ihm durchaus möglich war zu reagieren. Er hätte versuchen können Punkte zu machen und uns jeden unserer

Züge heimzuzahlen. Unsere Verschwörung hatte jedoch kaum begonnen und er war schon widerstandslos bereit den Märtyrer zu spielen.

Die Sommerferien sollten ihm dann noch einmal eine Atempause verschaffen. Jedem, der es hören wollte, erzählte er, dass er für mehrere Wochen in das Haus seiner Familie an den Chuzenji-See fahren wollte.

In meinen Augen war dies eine ungewollte Unterbrechung, aber ich konnte warten. Ich hatte selbst genügend zu tun, um nicht ungeduldig zu werden. Erst mal musste ich Nachhilfeunterricht nehmen und dann wollte ich in ein Ferienlager fahren. Zusammen mit Nakaï und ein paar anderen Jungen, die alle eine Schwäche für Baseball und Mädchen hatten, einen Monat im Gebirge in der Nähe des Karuizawa zu verbringen . . . das war eine paradiesische Vorstellung!

Zum Abschied legte ich meinen Mitstreitern nahe, Grüße und gute Wünsche von Takeo kühl und unfreundlich zu erwidern. Er sollte verunsichert in sein Traumland reisen, um gut vorbereitet zurückzukommen, wenn das Spiel weiterging.

TETSUKO

Sommer . . . das bedeutet in Tokio entweder künstliche Erfrischung durch die Klimaanlage oder Schwitzbad in den Straßen. Die Hektik wird nicht weniger, die Geschäfte quellen von Kunden über, die Angestellten kommen zur normalen Zeit zur Arbeit. Nichts ändert sich, bis auf das Aussehen der Menschen: Die Männer gehen in Hemden mit Krawatten und die Frauen tragen weiße Strümpfe statt dunkler Kostüme und Mäntel. Urlaub ist in Japan nicht üblich. Nur wer das Glück hat, Verwandte auf dem Land oder ein Haus in der freien Natur zu haben, kann nach ein paar Stunden Eisenbahnfahrt die wilde Landschaft wieder entdecken, von wo die Dämonen und *Kamis** stammen, und die Sonne mit ihrer versöhnenden und heilenden Kraft genießen.
Wie jedes Jahr kamen auch diesmal unsere Verwandten, die Kimuras, zu uns. Takeos und meine Mutter sind Schwestern. Mein Vater ist Arzt. Er hat eine Praxis in Nikko. Wegen meiner alten Großmutter wollte meine Mutter niemals ihren Heimatort verlassen. Wie wir wohnt auch Großmutter in einem Haus, von dem aus man auf den Chuzenji-See sehen kann.
Dort trafen wir uns am Abend nach der Ankunft der Kimuras. Der Tee dampfte in den Tassen. Die Eltern kauerten auf den Knien vor dem *Kotatsu** und führten höfliche Gespräche miteinander, ohne uns Kinder zu beachten. Wir saßen auf der Galerie, deren Türen weit geöffnet waren, um die Abendfrische hereinströmen zu lassen. Mein Vetter Takeo sah mich mit eigenartigem, irgendwie

verschüchtertem Blick an. Mir kam es so vor, als sei unsere Entwicklung unterschiedlich verlaufen, seit wir uns das letzte Mal gesehen hatten – so wie Pflanzen, von denen eine mehr, die andere weniger Sonnenschein abbekommen hat. Aber das war nur der äußere Schein. Takeo war zwar kaum gewachsen und hatte noch immer einen kindlichen Gesichtsausdruck, aber er war reifer geworden. Mir fiel auf, dass seine Gesten weniger spontan waren und eine Art Scham ihn am Sprechen zu hindern schien. Ich nahm an, dass das Gymnasium ihn so verändert hatte.

Takeo hatte mir immer bis in jede Einzelheit von der Schule erzählt. Ich wusste genau über seine Klassenkameraden Bescheid, über die Ausflüge, die sie unternahmen, und die Eigenarten der Lehrer. Kaum hatten die Ferien begonnen, schüttete er mir innerhalb weniger Stunden sein Herz aus und erzählte mir alles, was sich in dem Jahr ereignet hatte. Seinen Eltern vertraute er sich hingegen nie an. Dieses Jahr aber blieb er auch mir gegenüber stumm wie ein Fisch und ich hatte das Gefühl, dass er mir etwas verschwieg.

In den ersten Tagen – im Juli – nahmen wir unsere üblichen Gewohnheiten auf. Takeo kam jeden Morgen und holte mich ab. Wir blieben dann zuerst im Garten und aßen mit Nelkenkörnern bestreute Pfannkuchen, die er niemals mitzubringen vergaß. Danach erledigten wir den Einkauf für die ganze Familie und aßen anschließend bei Großmutter zu Mittag.

Mein Vetter war sehr zuvorkommend, aber wie die meisten Jungen ließ er sich auch gern bedienen – vor allem von seiner Mutter. Tante Emiko ist sehr schön. Sie erinnert mich an die sorgsam frisierten und geschmückten Puppen in den Souvenirläden. Manchmal sagte ich das Takeo und er stimmte mir zu. Er liebte seine Mutter leidenschaftlich und machte bei jeder Gelegenheit Fotos von ihr. Oft blieb er nach dem Mittagessen noch länger da und sah ihr zu, wie sie in ihrer weißen, rüschenbesetzten Schürze abwusch. Dann sagte er, sie habe Hände, die den Mond und die Sterne berühren könnten, oder ähnliche Dinge, die er wohl in Gedichtbänden gelesen hatte, die ich aber ziemlich albern fand.

Takeos Vater war stellvertretender Direktor der Firma Samanuchi. Dass er meistens nicht da war – allenfalls an den – Wochenenden, um sich fernab vom Büro zu erholen machte Takeo nichts aus. Ja, er kam mir sogar erleichtert vor, wenn er sonntagabends Onkel Kimura am Steuer seines Toyotas wieder wegfahren sah.

Nach dem Essen steckte uns Großmutter ein paar Yen für Leckereien oder zum Tretbootfahren in die Taschen. Tante Emiko machte ihr deshalb Vorwürfe: wir sollten keine schlechten Angewohnheiten annehmen, Naschen zwischen den Mahlzeiten verderbe den Appetit, zu Fuß gehen sei viel gesünder und billiger . . . Ihre Einwände blieben ohne Wirkung, doch aus Prinzip wiederholte sie sie stets. Nach und nach veränderte die Ferienstimmung Takeo und er wurde fast wieder so fröhlich wie früher. Als wir eines Abends vom Spazierengehen zurückkamen, hatte Großmutter Gäste: die Nachbarin Oto San und Freundinnen meiner Mutter aus Nikko. Die Frauen waren so in ihr Gespräch vertieft, dass sie unsere Rückkehr gar nicht bemerkten. Takeo hielt mich am Ärmel zurück und wir blieben auf der Galerie. Von dort konnten wir alles sehen, ohne selbst gesehen zu werden. Großmutter hatte auf dem

Kotatsu Porzellanschälchen und Kuchenteller aufgestellt, die sonst nur an Feiertagen benutzt wurden. Wie Schmetterlingsflügel wirbelten die Fächer der Frauen die Luft durch den Raum.

Oto San, die Nachbarin, sprach über ein Ereignis, das schon vor sechs Monaten in der Presse ausgiebig kommentiert worden war: Eine Kusine war für ein paar Tage zum Skilaufen ins Gebirge gekommen und hatte sich im Schnee verirrt. Die junge Frau wollte nach dem Essen im Wald spazieren gehen. Sie kam jedes Jahr nach Chuzenji und kannte sich gut aus, war die Waldwege schon in allen Richtungen entlangspaziert. Ihr Mann und ein paar Freunde blieben zum Kartenspielen im Hotel und wurden erst unruhig, als es dunkelte. Mit Taschenlampen machten sie sich auf die Suche. Zur Unterstützung kamen Polizisten mit Hunden und auch die Leute aus dem Dorf halfen bei der Suchaktion mit, die die ganze Nacht andauerte. Am Morgen fand man die Frau schließlich am Fuß eines Baumes. Sie sah aus, als schliefe sie.

Tante Emiko mochte Geschichten mit traurigem Ende niemals glauben. Darum fragte sie, ob man es nicht geschafft hatte sie wieder zu beleben.

Oto San rief laut: »Aber nein, was denken Sie denn? Sie wissen doch, dass es dafür zu spät war.«

Takeo ließ den Stock fallen, den er in der Hand gehalten hatte. Alle Gäste drehten sich zu uns um und wir gingen hinunter, um Großmutter, die Nachbarin und die Freundinnen aus Nikko zu begrüßen. Als er zu seiner Mutter kam, beugte er sich hinunter, um ihr einen Kuss zu geben. Verlegen stieß sie ihn zurück: »Was ist denn mit dir los? Du bist doch kein Baby mehr!«

Sein bleiches Gesicht wurde rot wie eine Kirsche. Zur Ablenkung forderte Großmutter uns auf zuzulangen. Takeo sagte, er habe keinen Hunger. Mir war klar, dass er gekränkt war. Ich legte ein paar Stückchen Kuchen auf einen Teller und wir stiegen wieder auf die Galerie. Man brauchte noch kein Licht anzumachen, obwohl es bereits langsam dunkel wurde. In heftigen Windstößen wehte die kühle Luft vom See zu uns herüber. Mein Vetter sprach nichts mehr, aber er teilte gern den Kuchen mit mir, »um mir eine Freude zu machen«. Am nächsten Tag war der Vorfall vergessen.

Am Morgen des *O-Bon-Festes** gingen wir zum Friedhof. Dort verbrannten wir Räucherstäbchen und zündeten Laternen an, um die Toten einzuladen, zur Erde zurückzukehren.
Tante Emiko legte Süßigkeiten, Früchte und Kerzen vor die Gruft unserer Ahnen und bekränzte alles mit Laub. Meine Mutter hatte ihr geholfen die Lieblingsessen der verstorbenen Familienmitglieder zuzubereiten: süße Kartoffeln mit Sesam, Auberginengemüse, geräucherten Fisch. Großmutter erzählte unermüdlich von früher. Ihre Stimme klang wehklagend und gedämpft. Vergangenheit, Gegenwart und Zukunft flossen in ihrer Vorstellung zu einem Fluss zusammen, der durch das Wasser der einmündenden Bäche zu einem breiten Strom geworden war.
Vom nahe gelegenen Tempel kam ein Mönch, um die rituellen Gebete zu sprechen. Sein kugelrunder, rasierter Kopf und sein ausdrucksloses Gesicht ließen nicht erkennen, ob er jung oder alt war. Er war der Nachfolger des im Vorjahr gestorbenen Mönchs, den ich seit langem gekannt hatte.

Am nächsten Tag bereiteten die Frauen eine weitere Mahlzeit zu, um die Rückkehr der Toten ins Jenseits – den *Meido**, den Ort der himmlischen Finsternis – zu feiern. Die Männer zündeten vor den Häusern Feuer an, um ihren Weg zu erleuchten. Vater und Onkel Kimura bauten kleine Boote aus Stroh. Darin lagen die heiligen Dinge, die zum Fest benötigt worden waren und nun dem See übergeben wurden: Amulette, Räucherstäbchen, Bilder von Ebisu und Daikoku, den Göttern des Glücks. Takeo sagte mir, dass die Fahrt in das Unbekannte seine Fantasie bewege und der Geruch von Weihrauch und verbranntem Papier ihm wie Reiswein zu Kopf steige . . .
Die Tage der inneren Sammlung und der Riten fielen immer in die Sommermonate, aber früher hatten wir nie so unmittelbar an dieser Begegnung der Lebenden mit den Toten teilgenommen. Für Takeo war dies offensichtlich ein Schlüsselerlebnis in unseren Ferien. Etwas hatte sich in ihm gelöst und ich fühlte, dass er mir jetzt endlich erzählen würde, was ihn so bedrückte.

Am Sonntag darauf wollten unsere Eltern eine Bootsfahrt machen. Das Wetter war herrlich. Wir hatten als Schwäne dekorierte Tretboote gemietet: je eines für meinen Onkel und meine Tante, für meine Eltern und für meinen Vetter und mich. Takeo trat energisch in die Pedale und warf von Zeit zu Zeit einen Blick auf mich, um zu testen, ob seine Leistung auch Eindruck machte. Ich trug ein gelbes Kleid, weiße Spitzenstrümpfe und hatte bunte Bänder in die Haare geflochten. Allmählich verschwanden die Häuser, die Hauptstraße, die rot lackierte Brücke über der Abflussrinne des Sees und die sonntäglichen Fußgänger im Hintergrund. Die Schiffe glitten dahin und zogen ihr glitzerndes Kielwasser wie ein V hinter sich her. Es wurde immer stiller. Nur das gleichmäßige Knirschen des Räderwerks war zu hören. Die Ruhe um uns herum wirkte wie Balsam auf Takeo. Er fing an von seiner Mutter zu sprechen, die sich plötzlich so reserviert zu ihm verhielt und selbst die geringste Zärtlichkeit ablehnte, und von seinem Vater, der ihn bei jeder Gelegenheit ermahnte, sich wie ein Mann zu benehmen. Schließlich sagte er, dass ich die Einzige sei, die ihn verstehen könne. Pausenlos sprudelten die Worte aus ihm heraus.

Als ich ihn aber nach dem Gymnasium fragte, verhaspelte er sich. Er war so verwirrt, dass er sogar aufhörte die Pedale zu treten. Ein Ausflugsdampfer fuhr dicht an uns vorbei. Ich hatte Angst, dass wir in den großen Wellen, die er schlug, kentern könnten, griff nach dem Steuerrad zwischen uns beiden und ließ das Tretboot abrupt wenden. Takeo sagte, ich sei verrückt, und dann folgte ein Wort auf das andere. Zunächst wollte er wissen, ob ich Freundinnen in meiner Klasse hätte. Die Frage fand ich seltsam, denn Freundinnen sind schließlich doch so selbstverständlich wie eine Familie oder Nachbarn. Ich fing an zu lachen und hielt mir die Hand vor den Mund. Er machte sich über diese weibliche Eigenart lustig, fragte mich dann jedoch, wie man denn zu Freunden komme.

»Da gibt es kein Rezept. Man hat den gleichen Schulweg, man leiht sich ein Buch oder schwärmt für denselben Sänger . . .«, gab ich zur Antwort.

»Und wenn man niemanden findet, der den gleichen Weg geht, mit dem man Bücher tauschen kann oder der ein Fan des gleichen Sängers ist?«

Ich drehte an meinen Zöpfen, um besser nachdenken zu können.
»Dann gibt es dafür einen Grund. Unangenehme Menschen verbreiten eine Art Leere um sich.«
»Und wie soll man wissen, warum die anderen jemanden unangenehm finden? Ist es möglich, dass die Freundschaft, die man mit jemandem teilen möchte, als Feindseligkeit empfunden wird? Gibt es zwei Weisen zu sehen, dass die Sonne scheint?«
»Du hast keine Freunde, nicht wahr?«
Er schüttelte den Kopf.
»Alle sind gegen mich, der Klassensprecher ist mein Feind und die anderen meiden mich.«
Das also war sein Geheimnis: eine Geschichte, der man täglich in den Schulen begegnet – Zoff zwischen Kameraden! Ich musste mir Mühe geben, Interesse an etwas zu zeigen, was ich in Wirklichkeit gar nicht für ein echtes Problem hielt.
»Lass dir nichts gefallen! Man verfolgt nur die, die sich nicht wehren!«
»Allein gegen dreißig?«
»Warum nicht? Andere haben das schon geschafft.«
»Ja: Superman.«
»Nicht nur der, den es im Übrigen ja gar nicht gegeben hat, sondern auch die vielen Tausend anderen in unserer Geschichte: die Mönche, die für ihren Glauben gekämpft haben, Samurais, Kamikazes, die Kriegshelden . . .«
»Ich bin kein Held!«
Er schien unglücklich zu sein und ich konnte den Grund hierfür nicht herausfinden. Ich glaubte, er sei wie so viele Jungen darauf aus, sich bemitleiden zu lassen. Mit einem

Scherz wollte ich mich aus der Affäre ziehen: »Wenn es dir in deinem Gymnasium nicht gefällt, dann zieh doch um! Hier könntest du genauso gut arbeiten wie in Tokio, aber du wärst in einer anderen Umgebung. Im Winter liegt hier viel Schnee, dann ist es so schön wie im Märchen. Es ist wirklich schade, dass ihr immer nur im Sommer herkommt!«
Ich hätte nicht von Schnee und Winter sprechen sollen, denn das erinnerte uns an den Unfall im vorigen Jahr, an die junge Frau, die sich im Wald verirrt und die man erst zu spät wieder gefunden hatte. Uns beiden war plötzlich traurig zumute. Eine Minute später dachte ich schon nicht mehr daran. Er aber blieb trübsinnig, als ob diese düstere Geschichte noch andere ernste Gedanken in ihm hervorgerufen hätte.
»Mutter hat Angst vor der Kälte und sie müsste das entscheiden«, räumte er nach einer Pause ein. »Vater würde wohl mitkommen, aber er nimmt niemals Urlaub und hat keine Zeit.«
An diesem Tag erzählte er mir nichts Vertrauliches mehr; wahrscheinlich hätte ich ihn weiter fragen sollen, denn darauf schien er nur zu warten. Ich begnügte mich jedoch damit fortzufahren: »Es heißt, dein Vater soll Direktor werden. Wenn das stimmt, wird er in Zukunft noch später nach Hause kommen als bisher. Ärgert dich das?«
Er zuckte mit den Schultern.
»Ist mir gleich!«
»Du bist wirklich anders als die meisten Kinder. In meiner Klasse träumen viele von einem solchen unsichtbaren Vater, weil nur wichtige Väter abends erst spät nach Hause kommen, reisen oder an Geschäftsessen teilnehmen.«

»Ich bin nicht wie all die anderen, da hast du Recht.«
Solange wir noch spazieren fuhren, machte er seinen Mund nicht mehr auf. Ich beklagte mich, dass er so brummig sei. Als ich drohte nichts mehr mit ihm zu unternehmen, traten Tränen in seine Augen. Da gab ich ihm einen Kuss und er schmiegte sich an mich. Das Tretboot driftete vom Kurs ab, doch wir zwei waren glücklich. Ich wünschte mir, dass wir nie mehr nach Hause zurückkehren müssten und der Sommer ewig dauern würde.
Der August ging vorbei und Takeo schien von all seinen Sorgen befreit zu sein. Der September, der Monat der Taifune, brachte Regen. Die Bäume verfärbten sich glutrot wie der Abendhimmel. Wir konnten noch Ausflüge machen, nahmen aber für alle Fälle einen Regenmantel mit. Nach dem Frühstück beeilten wir uns wegzukommen, um nichts von den kürzer werdenden Tagen zu versäumen. Wir gingen die Straße am buddhistischen Tempel entlang und liefen dann zum See hinunter. Zwischen den Fichten und Lärchen überraschten wir einige Affen, die so zahm waren, dass sie sich durch unseren Besuch nicht aufschrecken ließen. In diesen Augenblicken der Freiheit fühlten wir deutlich, dass der Sommer sich seinem Ende näherte.
Wenn ich rund um mich herum nichts anderes sah als Farn und Zwergbambus, wartete ich darauf, dass Takeo mir noch mehr Vertrauliches erzählen würde. Aber er machte mich höchstens auf einen Vogel oder ein Eichhörnchen aufmerksam, und wenn ich mich ins Gras legte und der Rock etwas hochrutschte, sodass er meine nackten Beine sah, errötete er.
Als noch einmal ein Tag sonnig und warm zu werden

versprach, beeilten wir uns das gute Wetter auszunutzen, das uns der Himmel zu schicken schien – sicher würde es der letzte schöne Tag sein. Vom Haus aus liefen wir gleich los und sprangen über die Brüstung, die uns vom Ufer trennte. Das bleifarbene Wasser glitzerte wie Perlen. Am Horizont sah man die unregelmäßigen, schroffen Zacken der Bergkulisse, deren Grau nach und nach verschwamm und unsichtbar wurde. Die Häuser und die Schaufenster der Geschäfte waren nur noch eine Reihe weißer und brauner Flecken. Takeo sagte wie beiläufig, dass er sich hier völlig fern von allem fühle. In Tokio sei das undenkbar: Zwischen den Schwindel erregend hohen Häusern, in den verwinkelten Gassen und unter den Gleisen der Hochbahn gebe es nichts anderes als ein unaufhörliches Gedrängel, in dem jeder aufpassen müsse, niemandem auf die Füße zu treten und keinen zu stoßen.
Ich konnte nur mühsam mit ihm Schritt halten. Von Zeit zu Zeit ging er langsamer, damit ich nicht zurückblieb. Einmal lief er mir weit voraus, fiel dann aber schnell in sein normales Tempo zurück. Der Weg führte durch dichtes Unterholz, wo wir auf Baumstümpfen wachsende Leberpilze sammelten. Er knotete sein Taschentuch zusammen, um sie darin nach Hause mitzunehmen.
Plötzlich verbarg sich die Sonne hinter den Wolken und der Himmel wurde ganz dunkel. Wir befanden uns gerade am äußersten Ende des Sees, als es anfing zu donnern: ein Grollen, dessen Echo von Tal zu Tal lief, das vom Himmel oder aus den Tiefen der Erde zu kommen schien. Takeo hasste zwar jede Form von Gewalt, aber den Ausbrüchen der Natur, denen gegenüber Starke wie Schwache sich gleich fühlen, begegnete er ruhig. Ich zitterte wie Espenlaub und lehnte mich an ihn: »Ich habe Angst!«

Das flüsterte ich nur, damit es die Dämonen nicht hörten, die möglicherweise um uns herumstrichen. Er machte sich nicht über mich lustig, wie jeder andere Junge es getan hätte, sondern versuchte mich zu beruhigen. Onkel Kimura hat immer behauptet, sein Sohn sei ein Angsthase. Ich weiß, dass das nicht stimmt: An diesem Tag bewies Takeo, wie mutig er war.
Es fing an zu regnen, erst nur ein paar Tropfen, dann immer stärker. Alle Wasser des Himmels stürzten auf uns und auf den See herab, der von tausend spitzen Tropfen zerstochen zu werden schien.
Takeo zog seine Wolljacke aus und legte sie über meine Schultern. Seine beschwichtigenden Worte und seine ruhigen Gesten vertrieben meine Angst. Ich hatte den Eindruck, dass eine bis dahin unbekannte Kraft in ihm zum Vorschein kam. Er war bis auf die Haut durchnässt, doch das kümmerte ihn nicht. Die Sintflut schwemmte seine Unsicherheit weg und machte ihn zu einem neuen Menschen. Wir verstanden uns ohne weitere Worte. Er streichelte mich unbeholfen und ich ließ ihn gewähren. Wir waren keine Kinder mehr und wurden uns dessen zum ersten Mal bewusst. Plötzlich blitzte es am Himmel und erschrocken klammerte ich mich an ihn. Sein Blick wurde unruhig, sein Mund öffnete sich leicht, als wolle er zubeißen, und er stieß mich zurück. Vielleicht erschrak er über die Kraft, die in ihm aufstieg und die er nicht beherrschen konnte. Als er sagte, es sei Zeit nach Hause zu gehen, klang es wie ein Befehl. Ich folgte ihm.
Für dieses Jahr war der Sommer vorbei . . . Die Tretboote wurden in ihre Schuppen gebracht, der See verlor seine jadegrüne Farbe und mein Vetter bereitete sich mit seinen Eltern auf die Rückreise nach Tokio vor.

Am Morgen der Abreise schenkte Großmutter ihm eine blaue Eidechse in einem Bambuskäfig. Sie legte ihre welke Hand auf die Haare ihres Enkels, wagte aber nicht ihm einen Kuss zu geben, damit Onkel Kimura nicht sein Missfallen darüber äußern konnte. Anscheinend machte Takeo sich Vorwürfe, die alte Dame während seines Besuchs vernachlässigt zu haben, denn er wirkte sehr bewegt, als er sich bedankte. Sie wischte eine Träne weg: »Das Alter macht uns zu gebrechlichen Menschen, man sollte es nicht dazu kommen lassen, nicht wahr? Aber wie kann man dem entgehen?«

Ich ging schnell weg und zwang mich an die Einkäufe zu denken, die ich noch vor Schulbeginn mit meiner Mutter erledigen musste: ein Ablenkungsversuch, um dunklen Gedanken zu entfliehen.

Am Abend zuvor waren unsere Eltern in ein Aal-Spezialitätenrestaurant eingeladen worden. Wir blieben auf der Galerie, das Wetter war trüb und die Raben stießen ihre heiseren, missklingenden Schreie aus. Der Herbst stand vor der Tür. Bald würden die Kirschbäume glutrot und die Ahornbäume kupferfarben leuchten. Ich warf Takeo vor, nicht noch ein letztes Mal mit mir in den Wald gegangen zu sein, meinte es aber nicht ernst. Seit dem Gewitter vermied er es, allein mit mir zu sein. Ich wusste, warum, und es gefiel mir.

Als er von den nächsten Ferien sprach, konnte ich meine Tränen nicht zurückhalten. Es war zwar albern, aber ich hatte das Gefühl, wir würden uns für immer trennen. Er meinte, dass wir uns zu Neujahr wiedersehen würden und es bis zum nächsten Sommer nicht lange dauere; er versprach mir zu schreiben und mich anzurufen – aber alles,

was er zu meinem Trost sagte, ging im Gedanken an eine ungewisse und undurchsichtige Zukunft unter. Unser Sommer war einfach zu schön gewesen.
Den letzten Silberstreifen am Himmel nutzend, machten wir gegenseitig Fotos von uns, jeweils in der gleichen Position, mit dem See und der regennassen Natur im Hintergrund. Am liebsten wäre ich mit ihm an irgendeinem Ort allein gewesen, wo uns niemand sehen konnte. Er sagte mir, dass ich schön sei, und drückte meine Handgelenke so fest, dass ich mir auf die Lippen beißen musste, um nicht aufzuschreien. Gerade da klingelten die Eltern an der Haustür. Großmutter, die vor dem *Kotatsu* eingeschlummert war, wachte wieder auf. Die Ferien waren endgültig vorbei.
Am nächsten Tag sah ich den Wagen der Kimuras abfahren und gleich nach ihnen machten wir uns auf den Weg. Wie sie mussten wir zunächst nach Nikko fahren. Auf der Serpentinenstraße, auf der jede Kurve nach einem der achtundvierzig *Hiraganas** des Alphabets benannt ist, holten wir sie ein. Früher hatte Takeo sich den Spaß gemacht, die Zeichen mit lauter Stimme aufzusagen. Er war sehr stolz gewesen, die Buchstaben schon lange vor mir auswendig zu kennen. Jetzt sah ich ihn auf der Rückbank des funkelnagelneuen blauen Toyotas sitzen, den sein Vater gerade vor den Ferien gekauft hatte. Er drehte sich um und schaute auf seine Eidechse, deren Käfig zwischen zwei Büchern auf der Hutablage festgeklemmt war. Er sah mich und wir winkten uns lebhaft zu.

TAKEO

In der Dunkelheit meines Zimmers, wenn um mich herum alle anderen schlafen, denke ich an die zarte und unwiderstehliche Kraft, die mich zu Tetsuko zieht. Ich wehre mich mit aller Macht gegen die Erregung, die beim Gedanken an den Duft ihrer Haare und an die Wärme ihrer purpurroten Wangen, die ich mit den Fingern streicheln möchte, in mir aufsteigt.

Von diesem wunderbaren Gefühl, dieser freudigen Erregung hatte ich überhaupt nichts geahnt . . . Weder die schlüpfrigen Witze noch die mit maßloser Aufschneiderei gepaarten Vertraulichkeiten meiner Klassenkameraden hatten mich so etwas erwarten lassen. Tetsuko ist eine Pflaumenblüte in der Winterlandschaft, eine Medizin gegen das Böse. In ihr wohnt die Heilkraft des Sommers. Wenn ich an sie denke, kommt mir alles, was ich an Yukio bewundere, seine Autorität über die anderen, seine Kaltblütigkeit und sein Selbstvertrauen, wie die Ausgeburt einer dämonischen Überheblichkeit vor.

Auch Nakaï verblasst völlig und seine hochtrabenden Reden, sein ironisches Lächeln erscheinen mir einfach töricht.

NAKAÏ

Am Tag nach dem Schulbeginn gingen die Baseballturniere wieder los. Gleich nach dem Unterricht lief ich zu Yukio. Er stand mit seinen Leuten auf dem Flur im ersten Stock, der kleine Takeo war mitten unter ihnen. Braun gebrannt, mit einer gepflegten Frisur, die wohl vom Vortag stammte, schien er sich seit dem *Asakusa*-Fest wieder aufgerappelt zu haben.

Die Jungen im *Chugakko* waren so aufgedreht, wie sie es eben nach ein paar Ferienwochen sind. Die mit schlechten Zeugnissen hatten Nachhilfeunterricht genommen. Aber die meisten hatten die Zeit in Ferienlagern verbracht oder waren mit ihren Verwandten ins Gebirge oder an die See gefahren.

Ich wurde mit lautem Hallo empfangen und schlug gleich vor, sich die Beine auf dem Sportplatz zu vertreten, um wieder in Form zu kommen. Im zweiten Trimester waren viele Turniere angesagt, da musste man die Zeit nutzen.

Aus den Augenwinkeln heraus beobachtete ich den Waschbären. Den Jungen hatte ich noch nie ausstehen können. Seine Leidensmiene, seine unter einer scheinheiligen Bescheidenheit versteckte Anmaßung, die Art und Weise, wie er Größere reizte, weckten in mir immer nur die Lust, ihm ein paar hinter die Ohren zu hauen. In den Ferien hatte ich mein Versprechen an Yukio nicht vergessen: ihn zu beseitigen! Diese Vorstellung begeisterte mich noch mehr als die geplanten Sportturniere.

Takeo hatte ein paar Fotos aus der Tasche gezogen und ich störte ihn offenbar, denn er wollte sie allen zeigen, nur nicht mir. So riss ich sie ihm aus den Händen und tat so, als ob ich mich dafür interessierte. Dann gab ich Kommentare zu seiner Kusine ab, die man auf jedem Bild sah: auf einer Brücke, im Tretboot, auf einen Balkon gestützt – eine flotte Biene, wie man sie zuhauf vor den Toren der Gymnasien sieht.

Takeos Gesicht nahm einen kakifarbenen Ton an, doch er unterdrückte seine Wut. Um uns abzulenken, erzählte er mir von seiner blauen Eidechse aus Chuzenji und bot an, sie einmal in die Schule mitzubringen. Er war so stolz auf dieses Tierchen, als besäße er einen Riesenpanda. Ich sagte: »Mach dir keine Mühe, wir werden sie besuchen. Man soll solche kleinen Tiere nicht aufregen.«

Meine Bemerkung rief allgemeines Gelächter hervor, dem sich nur Takeo nicht anschloss. Er hatte meinen Seitenhieb sehr wohl verstanden. Wie eine Schlange richtete er sich zum Gegenangriff auf. Aber ich kam ihm zuvor und rief laut: »Gehen wir!«

Binnen einer Minute war der Flur leer. Ich hatte das Spiel erneut angepfiffen und der zweite Teil kündigte sich mit Macht an. Die anderen standen wie ein Mann hinter uns. Niemand kann mir weismachen, dass Takeo nichts ahnte. Er war sich völlig im Klaren über unsere Absicht, ihn aus der Klassengemeinschaft auszuschließen. Aber es gefiel ihm, darauf zu pfeifen.

Am nächsten Samstag wollten Yukio und ich in Harajuku eine Cola trinken. Da man sich dort nicht in Uniform sehen lassen darf, zogen wir uns schnell um, bevor wir die Schule verließen. Takeo kam mit uns aus der Garderobe und wir bekamen natürlich Lust, ihm nachzugehen. Er ging in Richtung der U-Bahn nach Shinjuku. Um diese Zeit wimmelt es auf den Straßen von Schülern, die zu zweit oder dritt durch die Gegend laufen. Die Mädchen tragen Plisseeröcke und Matrosenblusen, die Jungen schwarze Anzüge. Sie erinnern mich an Vögel, die aus einem Käfig entkommen sind und sich an der Freiheit berauschen, bevor sie sich wieder in den nächsten Käfig, das Elternhaus, einsperren lassen!

Takeo schritt zügig voran. Er merkte, dass wir ihm nachgingen, und lief, als säße ihm der Teufel im Nacken. Von Zeit zu Zeit hielt er jedoch inne und sah sich ein Schaufenster an, sodass wir immer wieder an ihn herankamen. In der Nähe des Gymnasiums gibt es alle möglichen Läden, in denen Haushaltsgeräte, Tee, Porzellan, Gemüse und Obst verkauft werden.

An einem Zeitungskiosk kaufte Takeo eine Illustrierte. Dann ging er in eine Zoohandlung und lief anschließend die Straße zur U-Bahnstation entlang. Eine träge und schweigsame Menschenmenge stand an der roten Ampel und wartete auf grünes Licht. Wir holten Takeo wieder ein, blieben ihm auf den Fersen und unterhielten uns dabei so laut, dass er uns hören musste. Er drehte sich nicht gleich um, sondern ging weiter und fragte sich sicherlich, ob wir ihn ansprechen würden.

Der U-Bahnhof war nicht mehr weit weg. Takeo blieb stehen und sah sich eine Kinoanzeige an. In diesem Augenblick griff ich nach seinem Arm. Yukio spielte mit einer kleinen Schnur, die er um seine Finger auf- und abwickelte. Takeo starrte auf die Schnur, als wolle man sie ihm um den Hals legen.

Ich fragte: »Wohin läufst du so schnell?«

»Ich geh nach Hause.«

»Gute Idee, wir können dich begleiten. Wir würden gern deinen lebenden Schatz ansehen.«
»Meinen lebenden Schatz?«
»Deine blaue Eidechse.«
Er traute uns nicht und ich versuchte seine Bedenken zu zerstreuen. »Wir würden gern zu dir kommen und deine Mutter fände es sicher auch nett, uns kennen zu lernen.«
Vom *Asakusa*-Fest erinnerte ich mich an seine Mutter. Sie war eine hübsche Frau mit herzförmigem Mund. Takeo ähnelte ihr sehr. Ich sah ihn fest an und musste innerlich lachen, als ich bemerkte, wie er von einem Fuß auf den anderen trat – wie ein Mädchen, dem man etwas Peinliches sagt.
Aus irgendeinem Grund hatte Takeo mich immer gehasst. Wahrscheinlich spürte er, dass auch ich ihn nicht ausstehen konnte. Ich hätte einen Eid darauf leisten können, dass er jetzt feuchte Hände und eine ausgedörrte Kehle hatte.
»Meine Mutter sieht es nicht gern, wenn ich Freunde mit nach Hause bringe, ohne sie vorher anzumelden.«
»Na ja, dann sehen wir uns die Eidechse eben ein andermal an. Aber du hast doch sicher nichts dagegen, ein Eis mit uns zu essen?«
Takeo zögerte, lehnte dann aber wegen seiner wartenden Mutter ab. Yukio und ich wechselten einen kurzen Blick miteinander. Uns beiden war der gleiche Gedanke gekommen: »Gut, muss ja nicht sein. Aber wir begleiten dich noch zur U-Bahn.«
Von uns in die Mitte genommen, ging er los. Wir hielten uns so dicht an ihn gedrängt, dass er mit uns gehen musste, wohin wir wollten. Ohne uns um ihn zu kümmern, machten wir Witze und gingen keineswegs in Richtung U-Bahn.

Aber er traute sich nicht aufzumucken und machte nur größere Schritte, um Abstand zu gewinnen.
Ich ging um zwei Ecken, bis wir in eine Sackgasse gelangten. Endlich stellte er die Frage, auf die ich schon lange lauerte: »Was wollen wir hier? Ich muss nach Hause!«
»Natürlich. Aber wir beide wollen ein Eis und haben leider unser Geld vergessen. Du hast nicht zufällig etwas dabei?«
Takeo war wie gelähmt und das war auch verständlich: Yukio ist gefühllos und kantig wie ein Roboter und ich bin stark wie ein Bulle. Meine Haare sind so kurz geschnitten, dass man die weiße Schädelhaut durchschimmern sieht – ich bin genau das Gegenteil von meinem trägen Bruder, der in seinem Fett ertrinkt.
»Gib uns dein Portmonee, wir werden nur nehmen, was wir brauchen, du kannst ganz ruhig sein!« Meine Stimme klang so wie die der *U-Yokus**, die in schwarzen Lastwagen, aus deren Lautsprechern nationalistische Sprüche dröhnen, kreuz und quer durch Tokio fahren.
Takeo verstand nicht sofort, was ihm bevorstand. Er begriff es erst, als ich ihm den Arm umdrehte, bis er aufschrie wie eine Katze, die man zerquetscht. Ich zog ihn an mich heran und hielt ihm die Hand vor den Mund.
»Sei still, du machst noch das ganze Viertel rebellisch!«
Währenddessen hob Yukio die auf den Boden gefallene Mappe auf, kippte sie um und durchsuchte mit der Fußspitze die verstreuten Sachen. Er fand ein Portmonee aus rotem Leder – sicher ein Geschenk seines Vaters für die guten Zensuren! Yukio zählte schnell den Inhalt. Es war nicht viel drin, gerade genug für unsere zwei Portionen Eis.
»Sind deine Eltern pleite? Ich dachte, dein Vater ist Direk-

tor! Sieh doch mal nach, ob er nicht noch was in den Taschen versteckt hat!«

Takeo wehrte sich und biss so fest in meine Hand, die ich auf seinen Mund hielt, dass sie blutete. Da platzte mir der Kragen und ich verprügelte ihn nach Strich und Faden. Er wand sich unter den Schlägen wie ein Fisch unter dem Messer des Kochs. Als ich fand, dass er genug hatte, ließ ich ihn auf dem Pflaster liegen.

Das Eis war köstlich: Pralinen- und Schokoladeneis für mich und Erdbeereis für Yukio. Wir ließen es uns gut schmecken. Als ich nach Hause kam, fand ich Masato in ein Buch über die Geschichte Japans vertieft, ein Paket Reisplätzchen neben sich. Da braucht er nicht über Zahnschmerzen zu klagen! Ich fragte ihn nach der Telefonnummer von Takeo, einmal, um Zeit zu sparen, denn im Telefonbuch stehen ganze Kolonnen von Kimuras. Vor allem aber wollte ich seine Reaktion sehen. Mit vollem Mund antwortete er: »Wofür brauchst du die?«

Mein kleiner Bruder hatte seine eigene Meinung von unserem Plan. Seit dem *Asakusa*-Fest hatten wir oft in seiner Gegenwart über den Waschbären gesprochen. Jedes Mal hatte er sich eingemischt und ihn verteidigt. Ich musste ihn warnen. Ich wusste nicht, wie weit mein Pakt mit Yukio und Kenzo gehen würde. Unser Verlangen, Takeo zu peinigen, war so stark, dass es sich jeder sachlichen Überlegung entzog. Kenzo hatte eine böse Intelligenz und Yukio war brutal. Er war einer von denen, die Fliegen Flügel ausreißen und sich über ihre Todesangst freuen. Masato sollte lieber den Mund halten, wenn er das Gewitter nicht auf sich lenken wollte. Ich hatte kein Interesse daran, dass er sich als Opfer für einen anderen anbot.

Mit zitternder Stimme nannte er mir die Telefonnummer seines Banknachbarn, als ob er damit dessen Todesurteil unterschrieb.
Von diesem Abend an rief ich immer wieder aus allen möglichen Gründen bei Kimuras an: um Takeo zu bedrohen, um ihn singen zu lassen, um zu verlangen, dass er mir ein Buch aus der Bibliothek holte, oder um ihn zu fragen, ob er seiner Kusine unter den Rock geschaut hatte. Irgendetwas fiel mir immer ein, und wenn sich seine Mutter Emiko meldete, legte ich mir eine vor Honig triefende Stimme zu, auf die sie jedes Mal hereinfiel. So eine dämliche Ziege!

EMIKO

Als Takeo nach Hause kam, sah ich im Fernsehen gerade eine Kochsendung an und notierte mir das Rezept von Reis in Reiswein mit Herbstgemüsen. Er öffnete die Tür und ich drehte mich gar nicht um, weil ich wusste, dass er es war. Ich bemerkte nur beiläufig, dass er zu spät sei, und er stammelte eine Entschuldigung. Er hatte Glück, denn sein Vater war vom Präsidenten der Gesellschaft zum Abendessen eingeladen. Am nächsten Tag sollte seine Ernennung zum Direktor verkündet werden.

Einige Minuten vorher hatte ich mit ihm telefoniert und er konnte sich vor Begeisterung kaum beruhigen. Das Ganze war eine große Ehre für unsere Familie.

Takeo zog schnell seine Schuhe aus, stellte sie in der Diele ab und lief wie der Wind an mir vorbei. Immer wenn er in sein Zimmer kam, kümmerte er sich zuerst um die Eidechse, stellte den Käfig auf ein Regal und fütterte das Tier. Ich konnte alles hören, was vorging: das dumpfe Geräusch, wenn er den Käfig auf das Regal aufsetzte, das Quietschen der Käfigtür und sein Gespräch mit dem Tier, mit dem er wie mit einem Kind redete.

»Beeil dich, das Essen ist fertig«, rief ich. Er kam immer hungrig aus der Schule und so war ich überrascht, als er antwortete: »Später. Ich will schnell noch baden.«

Das kochend heiße Wasser floss in Strömen in die Badewanne, dichter Dampf quoll unter der Tür hervor. Ich dachte an das Irisblütenbad, das ich ihm traditionsgemäß zum *Tango no sekku**, dem Fest der Jungen, zubereitete. Er hängte dann einen fischförmigen Luftballon auf dem

Balkon auf, um allen zu zeigen, dass er Widerstände bezwingen und sich seinen Weg durch die widrigsten Strömungen bahnen konnte. Ich war stolz auf meinen Sohn: Er war meine Erfüllung, mit ihm hatte sich meine Bestimmung als Frau erfüllt.

TAKEO

Vor dem Spiegel, in dem ich meinen nackten, schmerzenden Körper sehe, dusche ich und seife mich ein. Das Wasser rinnt über die Fliesen und dreht sich im Wirbel, ehe es durch den Abfluss im Fußboden des Badezimmers verschwindet. Diese Form der körperlichen Reinigung ist kein gewöhnliches Bad, sondern ein Ritus, den man mir schon als kleines Kind beigebracht hat. Der Ritus ist so alt wie meine Heimat und jede Handbewegung hat dabei ihren Grund, ihre Form und ihren verborgenen Sinn.

Die nassen Haare wickle ich in ein zusammengefaltetes Handtuch und tauche bis zum Hals in das heiße Wasser ein. Beim Einsteigen in die Wanne verziehe ich niemals mein Gesicht. Das ist eine Frage der Gewöhnung. Als ich klein war, gingen Vater und ich oft gemeinsam ins *Furo** und er hätte Jammern nicht gestattet. Bei Schlägen oder Krankheiten dürfen wir über Schmerzen klagen, weil wir sie ungewollt erdulden müssen. Aber freiwillige Leiden zu beherrschen ist ein Vergnügen.

Ich setze mich hin, schlinge die Arme um die Knie und nutze die Zeit zum Nachdenken. Wem kann ich erzählen, was passiert ist? Tetsuko? Ich bin zu stolz, um ihr etwas vorzujammern. Außerdem liebe ich sie zu sehr, um ihr Kummer zu bereiten. Aber mit ihr könnte ich reden, auf meine oder besser noch auf ihre Weise, denn anders würde sie mich nicht verstehen.

Vater etwas erzählen? Damit würde ich ihm gegenüber meine Unterlegenheit zugeben. Er würde mir vorwerfen wie ein Kind gehandelt zu haben und nicht wie ein Mann.

Mich Mutter anvertrauen? Auch nicht besser. Sie ist eine Frau, würde mich bemitleiden und sich Sorgen machen. Vielleicht Masato? Als Einziger in der Klasse wäre er bereit mir zuzuhören, weil er mir wegen seiner eigenen Schwäche nahe steht. Aber wie kann ich ihm etwas erzählen, ohne dass andere es mitbekommen?
Mutter ruft mich. Ich klettere aus dem Wasser, trockne mich kräftig ab und ziehe meinen *Yukata* an.

Brief von Takeo an Tetsuko

Sonntag blieb ich zu Hause, es goss in Strömen. Vater konnte nicht Golf spielen und ging stattdessen in den Go-Club*. *Mutter veranstaltete vormittags ein Großreinemachen. Als alles blitzsauber und aufgeräumt war, streckte sie die Beine zum Wärmen unter den* Kotatsu, *der immer am frühen Nachmittag angeheizt wird.*
Ich hatte meine eigene Arbeit beendet und setzte mich mit der Eidechse zu ihr, aber sie scheuchte mich angeekelt weg: »Nimm dieses Drecksvieh weg! Ich will es nicht im Wohnzimmer haben!«
Ich protestierte, aber was kann ich gegen sie schon ausrichten? Sie behält immer Recht.
»Du weißt genau, dass ich überall gesaugt habe. Ich bin müde, sei so lieb.«
Immer diese herzzerreißenden Erpressungen! Ich brachte die Eidechse wieder in mein Zimmer zurück, ließ aber die Tür offen, um von dort fernsehen zu können. Es lief gerade ein Krimi: Ein Mädchen von zehn, zwölf Jahren wurde in unterirdischen Lagerräumen von einem Mann verfolgt, der eben ihre Mutter ermordet hatte: schreckliche Szenen, von Werbespots unterbrochen.
Um vier Uhr machte Mutter grünen Tee und legte einen Soja-Keks vor den Ahnenschrein, in dem eine Öllampe brannte. Die Toten bekommen ihr Essen. Sie haben Glück: Es ist besser, ein toter Mensch zu sein als eine lebendige Eidechse!
Ich nahm mir auch eine Tasse Tee und Kuchen, steckte einen Keks in den Käfig und dachte so intensiv an die Ferien zurück, dass mein Traum sich mit der Wirklichkeit vermischte wie der Himmel und das Wasser des Sees im Sonnendunst.

Am Montag ging der normale Schulbetrieb wieder richtig los. Keine Rede mehr von Ferien, die Leute dösten in der U-Bahn vor sich hin. Meine drei Stationen zählte ich auf dem Boden sitzend, an eine Abteilwand gelehnt und mit der Frühstücksdose auf den Knien.
Die Gymnastik im eisigen Wind auf dem Schulhof war besonders ekelhaft. Dann kam Biologie. Der Lehrer sprach von Reptilien und zeigte auf der Tafel einen Schnitt durch die Anatomie einer Eidechse. Das zerriss mir das Herz.
Das Mittagessen im Klassenzimmer einzunehmen machte auch keinen Spaß, obwohl das Essen gut war: Mutter hatte zum gekochten Reis mit Fisch eine Backpflaume gelegt, meine Lieblingsleckerei. Masato klagte über heftige Zahnschmerzen. Kenzo hatte seinen Platz verlassen und aß zusammen mit Yukio hinten im Klassenzimmer. Ich hörte sie lachen und glaube, dass sie einen üblen Streich vorhaben. Ich muss auf der Hut sein.
Ich hatte mit Masato zusammen Zimmerdienst. Da seine Schmerzen immer stärker wurden, ging er sofort zum Zahnarzt. Er entschuldigte sich, aber das war eigentlich nicht nötig, denn er simulierte wirklich nicht. Als ich aufgeräumt hatte, nahm ich meine Schuhe aus dem Fach, zog die Filzpantoffeln aus und ging zum Sportplatz. Kenzo lief in Helm und Handschuhen vor mir her, ohne mich zu sehen.
Herr Hiroshi war in ein Gespräch mit Kollegen vertieft. Für ihn wäre es unter seiner Würde, uns außerhalb des Unterrichts zu beachten. Der Schulgarten sah traurig aus mit seinen nackten Kirschbäumen und den Ahornbäumen, von denen die roten Blätter herabfielen. Später liefen Yukio und Nakaï in der Straße hinter mir her und wollten einen Streit anfangen, aber ich ließ mich nicht darauf ein. Das sind doch beides nur

Angeber, die sich durch Superman-Spielen selbst bestätigen wollen. Eines Tages – und vergiss nicht, was ich dir jetzt schreibe – werde ich der Chef eines großen Unternehmens mit vielen hundert Untergebenen sein und die beiden zählen dann zu den Unbedeutendsten. Das wird meine Rache! Man kann auf eine Weise der Stärkere sein, die sie überhaupt nicht zu kennen scheinen.
Schreib mir, was du machst, alles, alles. Ich muss es wissen. Und komm bitte auf jeden Fall Neujahr hierher!
Ich vergaß ganz von der Eidechse zu erzählen, wie konnte das nur passieren? Sie nimmt mindestens so stark Anteil an meinem Leben wie der Freund, den ich mir schon so lange wünsche. Sie kann nicht sprechen, aber ihr durchdringender Blick erzählt mir vom Leben im Wald von Chuzenji und von der Dummheit und der Feigheit der Menschen. Mutter hat Recht: Tiere haben wie wir eine Seele, die nach dem Tode eine andere, endliche Hülle sucht. Wenn ich nachmittags aus der Schule komme, wartet die Eidechse schon hinter den Stäben ihres Käfigs und ich gebe ihr ihre Portion Fliegen. Sie ist das einzige Lebewesen, das von mir abhängig ist und über dessen Leben oder Tod ich bestimmen kann.

EMIKO

Die Kochsendung war gerade zu Ende, als Takeo wieder ins Wohnzimmer kam. Mit der Fernbedienung schaltete ich auf die Nachrichten um. Takeo kam an den Tisch und griff nach dem Essen. Zwischen zwei Bissen beteuerte er, dass alles herrlich schmecke. Ich hatte den ganzen Vormittag mit der Zubereitung der Fischsuppe, der in Algenblätter gewickelten Omeletts aus säuerlichem Reis und des marinierten Ingwers zugebracht. Anders als die meisten Frauen, die Suppenwürfel und vorgekochte Gerichte kaufen, lege ich Wert auf eine gute Küche, was natürlich einen großen Zeitaufwand bedeutet.

Die Brühe war mit Kräutern gewürzt. Takeo trank sie mit kleinen Schlucken und aß zwischendurch immer wieder ein Stück von dem Omelett. Der von der Decke herabhängende Lampion verbreitete nur gedämpftes Licht. Trotzdem konnte ich erkennen, dass Takeos Lippe geschwollen war. Das beunruhigte mich. Dieser Hang der Jungen, sich zu prügeln ist widerlich. Ich bedauerte, dass mein Mann nicht da war, wie immer, wenn unser Sohn nach Hause kam. Die beiden sahen sich fast nie: Morgens ein eiliges »Guten Morgen« und »Auf Wiedersehen« und sonntags die gemeinsamen Mahlzeiten – das war alles. Ich dagegen . . . Wie viele Stunden hatte ich für Takeo geopfert, um ihn wie einen kleinen Herrn zu bedienen, wie viele demütige Handlungen vollbracht, um ihm zu helfen und ihn großzuziehen.

Ich erinnere mich noch gut, wie ich im Sommer vor seinem Eintritt ins Gymnasium auf meine Ferien verzichtete und

mit ihm für das Examen paukte. Mein Mann hatte für uns ein Hotelzimmer in Karuizawa gemietet, mitten im Gebirge. Dort verbrachten wir drei Wochen, um gemeinsam den Stoff durchzuarbeiten. Und wie viele weitere Entbehrungen, bis in die jüngste Zeit, sind längst vergessen?
Kaum war Takeo Schüler im *Chugakko*, entglitt er mir, wurde ein Fremder, der unter unserm Dach lebte und darauf wartete, sein Leben anderswo zu führen. Meine Rolle beschränkte sich darauf, ihm am Abend saubere Kleider hinzulegen, morgens das Essen für die Schule zuzubereiten, nachmittags bei seiner Rückkehr aus der Schule die nächste Mahlzeit zu servieren und seinen Futon neu zu beziehen. Mit einem vorwurfsvollen Ton fragte ich nun: »Was hast du denn gemacht?«
»Ach, nichts.«
»Hast du dich geprügelt?«
Er senkte den Kopf und wusste keine Antwort; Takeo hatte mich noch nie belogen und ich ahnte, dass es ihm diesmal schwer fiel mit der Wahrheit herauszurücken.
»Aber nein, wirklich nicht.«
»Bist du hingefallen? Hast du dich beim Baseballspielen verletzt?«
Er schüttelte den Kopf und nahm sich einen neuen Bissen. Ich hielt sein Schweigen für Zustimmung.
»Dieser brutale Sport ist albern und nicht einmal japanisch. Bist du deshalb so spät nach Hause gekommen?«
»Na ja, also . . .«
Ich drang nicht weiter in ihn, damit er nicht lügen musste. Er beendete seine Mahlzeit und zog sich mit der Entschuldigung zurück, dass er für den nächsten Tag noch eine Lektion in Staatsbürgerkunde durcharbeiten müsse. Ich

hätte ihn am liebsten in die Arme genommen – aber dann wäre er womöglich in Tränen ausgebrochen und außerdem ist das nicht die richtige Art, mit einem Kind umzugehen, das schon groß ist. Zärtlichkeit führt zu Schwäche und die hätte mein Mann mir nie verziehen. Er erwartete von seinem Sohn nicht, dass er zärtlich war, wohl aber folgsam und fähig zu gehorchen. So vorbereitet sollte er später selbst befehlen können. Trotzdem sagte ich noch: »Du siehst erschöpft aus, du verausgabst dich zu sehr außerhalb der Unterrichtsstunden. Sport ist gut, aber nur in Maßen.« Dieser üblichen Litanei hörte er nur halb zu. Ich konzentrierte mich wieder auf das Fernsehen, die einzige greifbare Zerstreuung, wenn der Mann immer fort ist und die Kinder selbstständig werden. Meine über Tokio und seine Umgebung verstreuten Freundinnen sind fast ebenso unerreichbar wie meine Verwandten, die drei Fahrtstunden mit der Bahn entfernt auf dem Land wohnen. Der kleinste Besuch fordert so viel Zeit in der U-Bahn oder im Taxi, daß ich mich meist mit endlosen Telefongesprächen zufriedengeben muss. Ich war traurig, dass Takeo größer geworden war. Seine Kinderjahre waren so unbeschwert, so herrlich für mich gewesen. Da er weder Bruder noch Schwester hatte, waren seine Freunde Gestalten aus den seinem jeweiligen Alter entsprechenden Märchen gewesen: Momotaro, der Sohn eines Pfirsichs, von dem er seinen runden Körper geerbt hat; Kontochi, der Zwerg in den Bergen, der die Sprache der Tiere versteht; Darumas und der unverwundbare Roboter aus den Zeichentrickfilmen . . . Takeo wuchs in unserem Haus heran wie eine kraftvolle Pflanze, die Tag für Tag mehr aufblüht, und das Leben ähnelte damals einem Spiel.

Als er drei Jahre alt wurde, gingen wir mit ihm zum *Asakusa*-Tempel. Er trug zum ersten Mal die gefaltete *Hakama** und den blauen Kimono, auf den eine Kirschblüte gestickt war. Viele andere Kinder seines Alters nahmen an der *Shichigosan**-Zeremonie teil, aber er war der Schönste von allen. Ich war stolz, ihn in der Öffentlichkeit zeigen zu können, und stellte ihn dankbar den Göttern vor.
Solange Takeo klein war, führten wir ein fröhliches Leben mit bunten Kleidern, Spielzeugfiguren und Geschichten, die stets gut ausgingen. Es gab keine Tadel in der Schule, dafür jedoch sichtbare Erfolge: ein gekritzeltes *Kanji*, eine unbeholfene Zeichnung ließen mir meinen Sohn als Genie erscheinen. Aber das Album dieser rosigen Jahre endet mit dem Bild des Gymnasiasten, der in einer schwarzen Uniform unter blühenden Kirschbäumen steht.
Diese ersten freudigen Jahre waren mein Verdienst. Nun war es an Takeo selbst, erwachsen zu werden. Lasten und Leiden musste er jetzt allein tragen, um sich einen Platz in der Gesellschaft zu erobern. Und mir blieb nur, mich auf die Zeit vorzubereiten, in der er mich verlassen würde.

Gegen elf Uhr kam mein Mann nach Hause, voll gestopft mit Essen und Reiswein. In der Hand hielt er eine Papiertasche und an einem Knopfloch war ein großer Stern mit einem Ordensband befestigt. Sein Chef hatte zum Abendessen ins Kanetanaka eingeladen, in das vornehmste Restaurant in Ginza. Mein Mann erzählte mir von den Kellnerinnen in pflaumenfarbenen Kimonos und von dem fünfzehngängigen Menü; von dem köstlichen Fleisch aus Kobe, das auf einem glühend heißen Stein zubereitet wurde, vom Aal in gebranntem Karamell, von den Tänzen zur Musik der *Shamisen** und von den *Kampai**, nachdem seine Beförderung angekündigt worden war. Nach und nach zog er aus der Tasche die Geschenke, die er zu diesem Anlass bekommen hatte: ein vergoldetes Blatt, auf dem seine Kollegen unterschrieben hatten, einen handgemalten Papierfächer, einen Fotoapparat und eine Schachtel mit Sojakuchen.

Die Kuchen erinnerten ihn an seinen Sohn. Er wurde unruhig: War er noch wach? Wie hatte er den Tag verbracht? Was gab es Neues vom Gymnasium? Ein Lichtschimmer drang durch Takeos Tür. Gewöhnlich schlief er um diese Zeit schon. Vielleicht musste er noch eine Arbeit oder einen Brief beenden? Hielten Sorgen ihn wach? Wie sollten wir das wissen? Er behielt so viel für sich.

Von Reiswein und der Freude über seine Beförderung aufgekratzt, wollte mein Mann Takeo unbedingt sehen. Ich war jedoch dagegen: Morgen beim Frühstück würde er ihn sowieso sprechen und so gab es keinen Grund, von unseren Gewohnheiten abzuweichen.

Hätte ich Takeo gerufen, so hätten wir womöglich herausgefunden, was mit ihm nicht stimmte, doch ich wollte meinem Mann die Freude nicht verderben. Lieber brachte ich ihm Kirschblütentee auf grobkörnigem Salz und ließ Wasser für sein Bad ein.

TAKEO

Es dauerte lange, bis ich einschlafen konnte. Den Käfig hatte ich dicht neben mein Kopfkissen gestellt. Die Eidechse beobachtete mich aus ihren runden Augen, unbeweglich wie ein Jäger auf der Lauer. Ihr Bauch hob sich in regelmäßigen Abständen und die jadefarbene Haut wurde von Schauern überlaufen. Sie ist ein lebendiges Wesen, fähig zu leiden wie ich, und sie hat Verstand. Davon bin ich mittlerweile fest überzeugt.

Der Schlaf überwältigte mich erst, als ich es schon nicht mehr erwartet hatte. Ich träumte von Schneeschauern, einer Schneekönigin mit einem Schwanenhals und den langen, gebogenen Wimpern von Tetsuko. Mit schmerzendem Körper und voller Unruhe wachte ich auf. Ich hatte große Angst vor der Begegnung mit dem Klassensprecher; aber es passierte gar nichts. Während er die Gymnastikhose überzog, sagte Yukio in der Garderobe nur nebenbei: »Wehe dir, wenn du was sagst!«

Schon aus Scham über die Ereignisse vom Vortag hatte ich nicht vor etwas zu erzählen. Trotzdem erwiderte ich: »Ich werde es dem Lehrer sagen und ihm die blauen Flecken auf meinen Beinen zeigen.«

»Die Lust dazu werde ich dir schon austreiben!«

»Du glaubst doch nicht, dass ich noch einmal so naiv bin, mit dir und Nakaï in eine menschenleere Straße zu gehen, du Blödmann!«

Yukio gab keine Antwort. Als er die Hausarbeiten vom Vortag einsammelte, bedankte er sich sogar bei mir.

YUKIO

Wir befanden uns im ersten Abschnitt des Spiels. Wie vorhergesehen, wehrte sich das Opfer, was mich erst recht anstachelte unsere Belästigungen fortzusetzen. Nakaï, der nicht viel Fantasie hat, sprach von einem weiteren Hinterhalt an einer Straßenkreuzung. Kenzo hatte eine viel bessere Idee, Takeo in seiner Überheblichkeit zu treffen. Es ging darum, sein Exemplar aus dem Stapel abgelieferter Arbeiten verschwinden zu lassen. Nichts war leichter als das und ich setzte den Plan noch am selben Abend in die Tat um.

Zwei Tage später ließ Hiroshi San Takeo an die Tafel kommen und forderte ihn auf, eine Aufgabe noch einmal anzuschreiben. Als Takeo fertig war, dankte er ihm und sagte in dem neutralen Ton, der Strafen ankündigt: »Diese Arbeit ist Donnerstag fällig. Ich hoffe, du vergisst sie diesmal nicht. Deine letzte Arbeit habe ich nicht bekommen.«

Takeo wurde bis an die Ohrenspitzen rot und sein Kinn zitterte.

»Aber Herr . . .«

»Du glaubst doch wohl nicht, dass sie weggeflogen ist?«

Kenzo und ich sagten nichts, weil wir uns überrascht zeigen wollten. Aber unsere Klassenkameraden hatten den Streich sofort mitbekommen und freuten sich, dass der Musterschüler bei einem Versäumnis ertappt worden war. Hiroshi San war sicher nicht von Takeos Nachlässigkeit überzeugt, denn er kannte ihn als absolut zuverlässigen Schüler. Aber er hielt sich an die Fakten. Es war nicht seine Aufgabe, eine

Untersuchung durchzuführen oder Partei zu ergreifen. Das Urteil fiel ohne Diskussion: »Ich brauche nicht zu wissen, warum deine Arbeit nicht in dem Stapel lag. Keine Arbeit, keine Zensur.«

Takeos Kopf in diesem Augenblick . . . und seine dünne Stimme!

»Null?«

»Null, selbstverständlich.«

Kenzo gab das Signal für ein lautes Hohngelächter. Takeo setzte sich wieder hin. Er sah durch das Fenster in den Garten, wo die ersten Schneeflocken fielen, und schniefte hörbar.

Als wir aus der Klasse gingen, rempelte er mich im Gedränge auf dem Flur an, ohne sich zu entschuldigen. Ich wusste, dass er mich mit diesem Benehmen manchmal ärgern wollte, und folgte ihm, um zu sehen, wohin er ging. Vor der offenen Tür des Lehrerzimmers blieb er stehen. Hiroshi San saß an einem Tisch, korrigierte Arbeiten und trank dazu grünen Tee. Takeo brannte darauf, sich zu beschweren. Sicher hatte er seine Verteidigung schon im Kopf. Aber er blieb reglos stehen und wagte nicht, noch weiter zu gehen. Es fehlte ihm nicht an Mut, aber er war zu stolz: Eine Ablehnung hätte er nicht ertragen.

Ein Junge aus der Oberstufe, dem *Kotogakko**, kam mit einem Stapel Hefte herein. Als er an den Teewagen stieß, schaute Hiroshi San auf und sein abwesender Blick traf den Waschbären. Ein von der Gemeinschaft isolierter Schüler hörte auf zu existieren, wurde irgendwie unsichtbar. Takeo trat den Rückzug an. So schnell wie möglich erzählte ich die Szene Nakaï: Wir hatten wieder einen Punkt gemacht.

TAKEO

Jeden Abend rufen sie mich an. Manchmal begnügen sie sich damit, so lange läuten zu lassen, bis ich nervös werde. In der Schule dagegen leide ich unter meiner Isolation, bemühe mich nicht mehr um die Freundschaft dieses oder jenes Jungen, sondern nur noch darum, meinen Ruf als guter Schüler zu halten. Nur bei diesem Kampf um den ersten Platz zähle ich noch zur Gemeinschaft, bin ansonsten ein Fremdkörper geworden. Sogar meine Banknachbarn wenden sich wie von einer soeben erloschenen Laterne von mir ab. Alle Blicke konzentrieren sich jetzt auf Yukio: einige aus Sympathie, andere aus Angst, selbst in sein Schussfeld zu geraten. Masato verhält sich wie alle andern, aber wenigstens versucht er mir manchmal einen Gefallen zu tun oder freundlich zu sein, wenn es keiner merkt: eine Zeitschrift, die in mein Fach gleitet, ein Stück Kuchen, das er von seinem Essen übrig gelassen hat, oder einfach ein verstohlenes Lächeln, das er gleich wieder unterdrückt.

Nach den ersten Schneefällen ist das Wetter trocken und kalt geblieben. Mein Zwischenzeugnis ist ausgezeichnet und lässt die schändliche Null für die verschwundene Arbeit vergessen.

Mutter macht sich keine Sorgen mehr und beschränkt sich auf zerstreute Fragen, die ich kurz und knapp beantworte:

»Geht's gut in der Schule?«

»Es geht.«

Sie schließt daraus, dass ich meinem Vater immer ähnlicher werde, was sie einerseits wohl ärgert, gleichzeitig aber auch beruhigt. Ich bin dabei, ein Mann zu werden, das ist der Gang der Welt.

Vater hat eine Einladung zur Messe in Tsukuba bekommen und sich entschlossen, am ersten Samstag im Dezember mit Mutter dorthin zu fahren. Ich würde sie gern begleiten, aber den Vormittagsunterricht darf ich auf keinen Fall versäumen. Emiko hat aus Prinzip keinen Kuchen gebacken, der mich dafür entschädigen könnte, dass ich auf die Fahrt verzichte. Aber von Vater bekomme ich ein zusätzliches Taschengeld »für den Notfall«, wie er betont, »nicht für irgendwelche Einkäufe«. Für diese freundliche Geste danke ich ihm überschwänglich.

Wie jeden Tag gehe ich zur Schule. Im Sprachunterricht werde ich aufgerufen und kann ganz gut antworten. Nach dem Unterricht gehe ich am Sportplatz vorbei. Die Baseballmannschaft spielt gerade. Kenzo und Masato machen Klimmzüge, um sich für das Spiel am nächsten Tag in Form zu bringen. Ich würde viel dafür geben, mitmachen zu können – aber niemand kümmert sich um mich. Dabei bin ich doch genauso wie die anderen, habe die gleiche Lust mich zu bewegen, einen Ball zu werfen und zu laufen. Wie gern würde ich jemanden rufen hören: »Hallo, Takeo! Willst du nicht mitspielen?«

Es ist erst drei Uhr und in ein leeres Haus zurückzukehren erscheint mir unerträglich. Ich entschließe mich nach Harajuku zu laufen. Eine innere Stimme warnt mich, dass ich dort in meiner Uniform auffallen und Ärger bekommen könnte, aber ich höre nicht darauf. Nichts kann mich von meinem Plan abbringen.

Bei Sonnenschein gleicht Harajuku einem Kaleidoskop. Die Farben gleiten in fließenden, unkoordinierten Bewe-

gungen, die ein verrückt gewordener Ballettmeister zu dirigieren scheint, ineinander. Harajuku, das sind Kinder in ausgefallener Kleidung, die nach einer fremdländischen Musik tanzen, die ebenso schrill ist wie die Farben, mit denen die Kinder sich so herausputzen. Das ist der spektakuläre Zug der *Sumo**-Kämpfer mit ihren von Pomade glänzenden Haarknoten und ihren *Yukatas* aus weißer und blauer Baumwolle. Das sind die Punks mit ihren regenbogenfarbenen Haaren und das sind ganz einfach die Zuschauer.
Harajuku, das ist auch die von der hohen Betonfassade der städtischen Badeanstalt beherrschte Allee, das sind die blauen Fußgängerbrückchen und die Boutiquen auf den Gehwegen, in denen T-Shirts, Jeans, romantische, mit Spitzen besetzte Damenblusen, Cowboygürtel mit Nieten und alle möglichen verlockende und unnütze Dinge angeboten werden.
Ein Schaufenster mit Rüschenkleidern erinnert mich an das *O-Bon-Fest.* Tetsuko trug damals ein ähnliches Kleid und Kniestrümpfe. Diese Erinnerung weckt solche Freude in mir, dass ich tanzen möchte. Eine Gruppe von Kindern mit Papiermützen zieht an mir vorbei, umringt mich sternförmig und verschwindet wieder. Etwas von ihrer Fröhlichkeit und Sorglosigkeit überträgt sich auf mich. Ich hebe meine heruntergefallene Mappe wieder auf, gehe weiter und will etwas für meine Kusine kaufen. In einer Geschenkboutique mit Waren aus samtartigem Stoff und Scherzartikeln suche ich eine Karte aus. Wenn man sie aufschlägt, ertönt die Melodie der blühenden Kirschbäume, *»Sakura, Sakura**«.
Seit meiner Rückkehr aus Chuzenji habe ich ein paar Briefe

an Tetsuko geschrieben. Aber die Erinnerungen an die Ferien, die Schilderungen des Schulbeginns und der abgeschwächte Bericht von meinem Zusammenstoß mit Yukio sind eigentlich nur Äußerlichkeiten und Halbwahrheiten. Was ich wirklich sagen müsste, bleibt in mir verschlossen wie ein erstickter Schrei. Meine Hilferufe, meine nächtlichen Alpträume, meine Angst, auf der Straße verfolgt zu werden, die nervenaufreibenden Telefonanrufe – all das könnte ein zartes Mädchen wie sie nur verstören.
Tetsuko hat sich mir während des Gewitters zugewandt, weil sie Schutz bei mir suchte: Dieses Bild vom starken Vetter, der fähig ist sie zu beschützen, will ich nicht zerstören.
Wie ein Ohrwurm summt die Melodie auf der Karte unablässig in meinem Kopf. Seit langem habe ich mich nicht mehr so glücklich gefühlt. Ich vergesse, was ich mir so oft wegen Tetsuko gesagte habe: dass Schönheit und Glück mit Verbotenem sinnverwandt sind. Es gibt keine Hindernisse und keine Zeit mehr ... Ich bin ein Vogel, der vorbeifliegt, eine Fontäne, die in einem Augenblick aufsteigt und im nächsten wieder zusammenfällt.
In einer Konditorei kaufe ich mir ein Eis, an dem ich lange schlecke, weil ich immer nur ein bisschen mit der Zungenspitze davon ablecke, während ich mitten auf der Straße gehe. Viele Jungen und Mädchen strömen zu der Allee hin, aus der leidenschaftliche Rhythmen erklingen. Ich laufe ihnen nach und werde bald selbst vom Schwung der amerikanischen Musik mitgerissen.
Tanzen ist mir völlig fremd, unsere Morgengymnastik bringt nur Arme und Beine in Bewegung. Diese Musik aber rüttelt meinen Körper mit allem auf, was in ihm steckt:

Ideen, Gefühle, aufgestaute Eindrücke. Wieder ergreift mich die Erregung, die ich manchmal in Gegenwart meiner Kusine empfand, ein Kribbeln, das mein ganzes sichtbares und unsichtbares Ich durchzuckt.
Ein Mädchen in einem roten Kleid, das sich im Takt wiegt, lässt seine Finger über mein Haar gleiten, nennt mich »mein Kleiner« und öffnet mit einem Finger den hohen und engen Kragen meiner Jacke, in dem ich beinahe ersticke. Sie ist größer als ich, fast eine Frau, und sie trägt einen Pferdeschwanz, der bei jeder Bewegung hin- und herschaukelt. Es kommt mir so vor, als würde ich ihm nachfliegen. Ich sage mir: »Später wirst du dich an Harajuku erinnern, an das Gedränge im Sonnenschein, an das Fest, zu dem du gar nicht eingeladen warst, an dieses letzte Glücksgefühl deiner Kindheit.« Meine ehrgeizigen Pläne sind eine Illusion. Meine Eltern haben für mich eine Zukunft erträumt, die ihnen selbst mehr gefällt als mir. Ich will kein Mann werden mit all dem Egoismus, der Härte und der Entsagung, die ihn ausmachen. Und selbst wenn ich es wollte: Der Preis dafür übersteigt meine Kraft.
Am liebsten wäre mir, wenn diese Menge junger Menschen, die von einer aus weiter Ferne gekommenen Musik zusammengehalten wird, niemals auseinander ginge.

YUKIO

Das musste man gesehen haben: der Waschbär hemmungslos mitten unter den *Takenokos** von Harajuku! Der Musterschüler mit aufgeknöpfter Uniform, umgeben von Teufeln mit blauen und roten Haaren, Cowboys und Halbstarken.

Bei meinem Anblick musste er glauben, ich sei ihm nachgeschlichen. Seitdem Nakaï und ich ihn in einer Sackgasse etwas herumgeschubst hatten, sah er sich auf der Straße immer wieder um. Aber diesmal war er im Irrtum.

Wie jeden Samstag war ich nach Harajuku gegangen, um mich mit Freunden zu treffen. Nakaï war in der Schule geblieben, er wollte noch ein paar Einzelheiten wegen des Spiels am nächsten Tag regeln, die Busfahrt usw. Takeo hampelte mit einem rot gekleideten Mädchen herum, das ich sofort erkannte: Sie war Nakaïs Freundin. Das gefiel mir nicht. Ich zog das Mädchen an den Haaren und fragte sie: »Was ist denn mit dir los? Tanzt du jetzt schon mit Kindern aus dem Kindergarten?«

Sie lachte mich mit ihren Perlenzähnen an – wenn Nakaï nicht mein Freund wäre, hätte ich jetzt meine Chance ergriffen. Mädchen benehmen sich jedoch manchmal unberechenbar und blöd. Sie verteidigte ihren Tanzpartner, als wäre er ihr Mann: »Dann wäre es aber das erste Kindergartenkind in der Uniform deines Gymnasiums, meinst du nicht?«

Takeo verrenkte seinen Körper wie ein kleiner Gockel. Ich sagte nichts mehr. Die Geschichte mit dem Mädchen konnte man später regeln, jetzt musste ich mich erst mal

um Takeo kümmern – allerdings nicht in der Öffentlichkeit. Schließlich bin ich kein Spielverderber.
Am Parkeingang des *Meiji**-Tempels lauerte ich ihm auf, dort, wo Jahrhunderte alte Bäume einen Wald mitten in Tokio vortäuschen. Hier musste er auf jeden Fall auf dem Weg zu seiner U-Bahn vorbeikommen. Es dauerte eine ganze Weile, bis er erschien, aber ich hatte entschlossen, so lange wie nötig zu warten. Der Gedanke an das Mädchen im roten Kleid verfolgte mich. Seit einigen Monaten hängte sie sich an Nakaï und versuchte gleichzeitig mich zu reizen. In gewisser Weise ähnelte ihr Verhalten dem von Takeo in der ersten Zeit und es war nicht ausgeschlossen, dass auch sie mich zum Äußersten treiben würde.
Ich stellte mir vor, mit ihr allein in einem der vielen Stundenhotels in Tokio zu sein – einem mit Kirchturm oder orientalischer Palastkuppel oder einfach in einem Nachtklub mit schummeriger Beleuchtung. Die Vorstellung regte mich auf – dann sah ich Takeo kommen. Er hatte feuerrote Wangen und torkelte wie ein betrunkener Mann oder eher wie ein Halbstarker, der heimlich eine Flasche Reiswein geleert hat. Um meine Wut abzureagieren, hätte mir nichts Besseres passieren können.
Er sah mich sofort, aber als ich ihn rief, machte er auf der Stelle kehrt und rannte geradeaus, bis er über einen Stein stolperte – da war er mir ausgeliefert. Als ich ihn packte und wieder aufrichtete und er mich zitternd mit seinem hübschen Mädchengesicht ansah, spürte ich ein gleichermaßen geistiges wie sinnliches Vergnügen in mir aufsteigen.
In der ersten Zeit hatte mich die Bewunderung des kleinsten, aber auch begabtesten meiner Mitschüler nicht unberührt

gelassen. Es hatte mir Spaß gemacht, ihn mit Scherzen und Abfuhren auf die Probe zu stellen. Mein Bestreben, das immer wieder zu treiben, war wie eine unerfüllte Leidenschaft, bei der man stets mehr und mehr vom anderen verlangt. Jetzt, da wir allein waren, ohne die anderen mit ihren auf mich gerichteten Blicken im Nacken, musste ich mir eingestehen, dass wir Freunde hätten werden können – selbst nachdem er mich beim *Asakusa* so enttäuscht hatte. Doch jetzt war es zu spät, noch etwas zu ändern! In diesem Moment sah ich nur seinen entsetzten Blick und war beherrscht von dem Gefühl, der Stärkere zu sein.
Ich packte ihn an den Ohren, klemmte seinen Kopf zwischen meine Knie und wollte ihn eine Hand voll Splitt schlucken lassen, den ich auf dem Weg gesammelt hatte; aber weil er alles auf sich ausspuckte, schlug ich ihm mit voller Kraft ins Gesicht; es war widerlich, die Steine hingen überall, auf seiner Jacke, seinem Gesicht, in seinen Haaren. Zum Schluss hob ich ihn vom Boden hoch, wie ich es schon einmal gemacht hatte, als ich ihn »Winzling« nannte – damals »spielten« wir noch Krieg. Takeo fiel auf den Stein, über den er vorher gestolpert war, und stieß einen Schrei aus.
»Heul dich doch bei deiner Mutter aus, du Zwerg!«, sagte ich. Wieder kam mir das Mädchen mit dem roten Kleid in den Sinn.
»Und wehe, du machst dich noch mal an Nakaïs Freundin ran, dann treibe ich dir die Lust dazu gründlich aus! Los, hau ab!«
Leicht hinkend rannte er weg. Als er sich umdrehte, um sicher zu sein, dass ich ihm nicht folgte, sah ich, dass er heulte. Er war hässlich und lächerlich.

HERR KIMURA

Emiko und ich kamen gerade von der Messe in Tsukuba zurück, auf der Japan seine letzten technischen Neuerungen präsentiert und seine Überlegenheit über alle dort ausstellenden Länder unter Beweis gestellt hatte. Ohne uns gegenseitig erzählen zu müssen, was wir bewundert hatten, erfüllte meine Frau und mich dasselbe Triumphgefühl.
Die Kataloge, die wir aus den verschiedenen Pavillons mitgenommen hatten, legte ich auf den *Kotatsu*. Takeo hatte sich verspätet. Wir dachten, dass er nach der Schule in die Badeanstalt gegangen sei, und warteten auf das Geräusch des Schlüssels im Schloss.
Meine Frau bereitete das Abendessen vor und ich fing gerade an die Zeitung zu lesen, als sich die Tür öffnete. Aber war das wirklich unser Sohn, dieser Gymnasiast in einer zerrissenen Uniform, der sich kaum auf seinen Beinen halten konnte und nicht wagte hereinzukommen?
Takeo fing erst an sich zu einem Mann zu entwickeln. Noch war er nicht groß und stark, aber er konnte schnell und ausdauernd laufen. Wenn das Knabenfest näher kam, kletterte er auf das Dach und hängte so viele Windsäcke in Form eines Fisches auf, wie Jungen im Haus wohnten. Sein Lehrer bezeichnete ihn als einen der begabtesten Schüler seiner Klasse. Eines Tages würde er ein Nachfolger der Ingenieure werden, denen man den Erfolg von Tsukuba verdankt. Eines Tages, vielleicht . . .
An diesem Abend jedoch verkörperte er das Scheitern, die Niederlage, all das, was wir auszulöschen versucht hatten.
»Wo kommst du denn her?«

Er gab zu in Harajuku gewesen zu sein. Seine Worte kamen nur zögernd und ich war entsetzt über seinen gesenkten Kopf, seinen gekrümmten Rücken, einfach alles, was seine Demütigung verriet.

»Mach die Tür zu, ich möchte nicht, dass die Nachbarn dich in diesem Zustand sehen. Hast du dich geprügelt?«

»Ich bin verprügelt worden.«

»Von wem? Sprich!«

Die Schande hielt ihn davon ab, noch mehr einzugestehen. Angst war mit ihm in unsere Wohnung gekommen. Ich ergriff seinen Arm, schüttelte ihn und konnte kein Mitleid für sein Stöhnen empfinden.

»Rück endlich mit der Sprache raus!«

Emiko mischte sich ein. Ich hatte immer etwas dagegen, wenn sie Partei ergriff. Sie verhielt sich so, als stünde sie nicht auf meiner, sondern auf seiner Seite.

»Lass ihn, siehst du nicht, dass es ihm schlecht geht?«

Sie beichtete mir alles: Takeos geschwollene Lippe an dem Abend, als das Direktorenessen für mich gegeben wurde, seine seit einiger Zeit veränderte Haltung, die überraschende Null in Mathematik. Sicher war er nicht zum ersten Mal von stärkeren Schulkameraden verprügelt worden. Ich ließ Takeos Arm los. Schluchzend fiel er auf die Knie. Meine Frau und ich schauten uns bestürzt an. Keiner von uns wagte das fürchterliche Wort auszusprechen, das von Zeit zu Zeit für Schlagzeilen in den Zeitungen sorgte.

Ijime . . . die Schande, die nur anderen zustieß! Hatte das, was hier vorgefallen war, damit etwas zu tun?

Ich konnte es nicht glauben, selbst wenn ich mir die Situation klarmachte, von der ich bis dahin nichts gewusst hatte. Emiko weinte mehr, als sie sprach, und machte sich

Vorwürfe, ihn allein gelassen zu haben, während wir uns amüsierten. Immer musste sie uns die Schuld zuschieben, wenn unser Sohn Probleme hatte!
Ich bat sie das Essen zu bringen und half Takeo aufzustehen. Zum ersten Mal, seit er ins Gymnasium ging, wollte ich allein mit ihm sein.
Wie hatte er sich verändert! Als kleiner Junge hatte er mir ähnlich gesehen. Aber als er heranwuchs, wurde er mehr und mehr ein Ebenbild seiner Mutter. Dagegen hatte ich natürlich nichts, aber ein etwas männlicheres Aussehen hätte ihm nicht geschadet. Die Ähnlichkeit ging so weit, dass er sogar unterwürfig wirkte, was einer Frau gut zu Gesicht steht, nicht aber einem Gymnasiasten von dreizehn Jahren. Als ich so alt war wie er, hatte ich Männer in den Krieg ziehen sehen, die Bombardierung von Tokio und Hiroshima und die Kapitulation Japans erlebt. In einem Haus voller Trauer hatte ich den Krieg mit dem Gefühl überstanden, dass die Last unseres Untergangs ebenso stark auf mir ruhte wie die Pflicht zur Vergeltung. Takeo hingegen gehörte einer Generation an, die nur noch um ihren Komfort und ihren Lebensstandard kämpft. Der Erfolg von Tsukuba bewies überzeugend, dass es kein vergeblicher Kampf war – aber ein Kampf ohne Ruhm!
Schließlich begann mein Sohn zu reden. Sätze quollen aus ihm heraus, die immer wieder von einem Schluckauf unterbrochen wurden. Alles, was er auf dem Herzen hatte, strömte aus ihm heraus, als liefe etwas in ihm über. Ich hörte ihm ohne Unterbrechung zu. Emiko hatte die Küchentür offen stehen lassen, um alles mitzubekommen. Dann brachte sie das Essen herein. Von mir, dem in ihren Augen Allmächtigen, erwartete sie die Lösung des Prob-

lems. Ihre unterwürfige Haltung war mir unangenehm. Nicht zum ersten Mal schien ihr Porzellangesicht zu sagen: »Du hast die Herrschaft übernehmen wollen, übe sie jetzt aus oder verzichte darauf, der Mann zu sein!«
Dennoch bat ich sie um ihre Meinung, bekam aber keine andere Antwort als: »Mach es, wie du willst.« So schlug ich vor seinen Lehrer aufzusuchen. Ihm hatten wir Takeo schließlich anvertraut. Der aber war strikt dagegen.
»Nein, nein! Vor allem nicht zu Hiroshi San! Nein, auf keinen Fall!«
Geradezu mit Gewalt musste ich mich beherrschen, um nicht zu entgegnen, dass ich von ihm keine Vorschriften für mein Vorgehen brauchte. Schließlich war er unfähig sich allein zu verteidigen.
Letzten Endes hatte er aber vielleicht doch Recht. Die Angelegenheit hatte sich außerhalb der Schule abgespielt; mit meinem Vorgehen würde ich vielleicht nur den Lehrer unnötig belästigen und mich lächerlich machen. Bei den Eltern von Yukio musste man sich beschweren, sie waren für ihren Sohn verantwortlich und sollten ihn bestrafen.
Auch dagegen wandte Takeo sich hartnäckig. Allmählich wurde ich ärgerlich: »Willst du, dass es so weitergeht? Macht es dir Spaß, Prügel zu bekommen?«
Ich fragte mich, ob er vor Racheakten Angst hatte oder davor, sein Gesicht zu verlieren. Er blieb halsstarrig und schwieg.
»Ich werde entscheiden, was für dich gut ist. Selber kannst du das offenbar nicht. Du taugst eben zu gar nichts!«
Der Satz war mir herausgerutscht. Ich versuchte ihn abzuschwächen: »Du bist mein Sohn und es ist mir eine Ehrensache, dich zu verteidigen.«

Takeo senkte den Kopf und ging in sein Zimmer. Auch er kannte das Sprichwort: »Man kann nicht gegen den Taifun ankämpfen, nicht gegen Erdbeben und nicht gegen den Willen des Vaters.« Diese Sprache verstand mein Sohn.

Die Eltern von Yukio Fujima wohnten in einem der modernen, mit weißen Keramikplatten verkleideten Häuser, die überall in Tokio zwischen Wolkenkratzern und traditionellen Holzhäusern gebaut worden sind.

Ich hatte mich telefonisch angemeldet und wurde erwartet. Meine Schuhe ließ ich im Flur, der direkt über der Garage zur Wohnung führte. Schon bevor ich klingelte, wurde die Tür geöffnet und eine Frau im Kimono, zweifellos Yukios Mutter, führte mich wortlos zum *Kotatsu*, auf dem schon Tassen standen. Der Vater, ein richtiger Bulle, stellte sich vor und bat mich, auf einem der Kissen rings um den niedrigen Tisch Platz zu nehmen.

Die Nutzlosigkeit meines Vorhabens wurde mir sofort klar. Überrumpelt von der Höflichkeit des Empfangs waren alle Sätze vergessen, die ich mir während der Herfahrt zurechtgelegt hatte. Wut und Mitleid über meinen verprügelten Sohn und mein verletzter Stolz hatten mich sehr aufgebracht. Aber vierzig Jahre Selbstbeherrschung und Zurückhaltung hatten aus mir einen maßvollen Mann gemacht. Ich war ein perfekter Direktor, ein Mann, der die Studien seines Sohnes bezahlen, der sich ein Auto leisten und seiner Frau Perlen schenken konnte. Ich las jeden Tag gewissenhaft die *3000 Kanjis des Yomiyuri Shimbun**, konnte streikenden Arbeitern entgegentreten und mit den zähesten ausländischen Kunden verhandeln. Doch in dieser Situation war ich nicht fähig lautstark zu protestieren.

Mein Blick ging von der alterslosen Frau, die in die einfache Wohnungsausstattung wie eingepasst zu sein schien, zu dem vierschrötigen Mann, der ihr gegenübersaß. Wir sprachen von der Schule, von den beruflichen Aussichten der jungen Leute, vom beginnenden Winter und mit jeder Gesprächspause wurde mir die Dummheit meines Anliegens deutlicher.
Worum ging es eigentlich? Um meinen Sohn. Bis dahin war er ein unauffälliger Junge gewesen, ein besserer Schüler als die anderen vielleicht, gut und folgsam. Aber er hatte sich gerade unfähig gezeigt sich gegen Angriffe und Schläge zu verteidigen. Wenn er sich behaupten und wehren könnte, hätten seine Mitschüler ihn dann überhaupt zur Zielscheibe gemacht? Und würde ich mich dann hier in dieser peinlichen Situation befinden, wie jemand, der Rechenschaft von Unbekannten fordert, bei denen er mit Gewalt eingedrungen ist?
Zu guter Letzt war ich mehr auf Takeo böse, der sich als Opfer angeboten hatte, als auf seinen Gegenspieler Yukio: dem konnte ich doch keinen Vorwurf dafür machen, dass er diesem Klotz von Vater glich. Endlich kam ich doch noch zur Sache. Mittlerweile ging es mir weniger um Gerechtigkeit – mehr und mehr hatte ich das Gefühl einer beidseitigen Schuld –, sondern um Rücksicht auf diese Fremden, die mich aufgenommen hatten und bei denen ich nicht mehr unendlich lange bleiben konnte. Ich wagte das Verhalten ihres Sohnes zu kritisieren und bat sie, ihn in seine Schranken zu weisen, damit sich solche Vorfälle nicht wiederholten. Stumm und regungslos hörten sie mir mit ausdruckslosen Mienen zu und warteten darauf, ihren Text aufzusagen. Als ich meine Bitte angebracht hatte,

ergriff Herr Fujima das Wort. Seine Frau unterstützte ihn durch zustimmendes Kopfnicken.
Yukio verbrachte den Abend mit Freunden und würde erst später nach Hause kommen. Sein Vater versprach, danach mit ihm zu sprechen. Er sei kein schlechter Junge, nur eben größer und stärker als die meisten seiner Altersgenossen. Aus diesem Grund falle es ihm schwer, sich zu beherrschen, was ein ererbter Fehler sei. Die Fujima hätten alle ein ungestümes Temperament und dazu noch Körper wie aus Granit, was sie zu wahren *Samurais* qualifiziere.
Als Herr Fujima das sagte, zeigte sich auf dem Gesicht der Mutter ein kaum erkennbares Lächeln. Ich hätte schwören können, dass sie stolz war, einen Jungen in die Welt gesetzt zu haben, der anderen sein Gesetz aufzwingen konnte. Dieses Lächeln verletzte mich, aber ich wagte nicht mir einzugestehen, dass es mich auch neidisch machte.
Ich fuhr nicht direkt nach Hause, weil ich mich erst wieder fassen musste und nachdenken wollte. Ich schwankte zwischen dem *Patchinko** am Bahnhof von Ueno, wo ich manchmal einige tausend Yen wagte, und dem Teehaus, wo mir eine Geisha lauwarmen Reiswein bringen und auf ihren Absätzen kauernd zuhören oder zu meiner Zerstreuung Geschichten erzählen würde. Ich wählte die zweite Lösung.

TAKEO

Vater kommt erst spät nach Hause. Mutter erwartet ihn in ihrem Zimmer, sie hat die Nachttischlampe brennen lassen. Ich komme gerade mit einer Flasche Cola aus der Küche, als er die Tür öffnet. Unsere Blicke treffen sich und ich lese in seinen Augen Enttäuschung und Machtlosigkeit.

Ziemlich böse sagt er: »Wieso bist du um diese Zeit noch auf?«

Er geht mir voran, seine Schritte sind unsicher und er hat eine Alkoholfahne.

TAKEO

Während Mutter vom französischen Bäcker Brötchen holt, rufe ich Tetsuko an. Ihre fröhliche Stimme nimmt mir die Lust von meinen Problemen zu erzählen. Und außerdem: Könnte sie sich in meine Lage versetzen?
Seit unserem Ausflug im Tretboot weiß ich, dass wir nicht die gleiche Einstellung zum Leben haben. Für sie ist alles rosa gefärbt wie die Augen der Geishas. Sie sieht das Schlechte nicht, denn sie hat es niemals kennen gelernt und Leid ist ihr fremd. Ich erwarte von ihr kein Verständnis, auch nicht, dass sie meinen Schmerz teilt. Ich wünsche mir nur, dass sie mich auf andere Gedanken bringt. Ihre Fröhlichkeit ist für mich wie der Duft einer guten Mahlzeit, die nicht für mich bestimmt ist. Und damit gebe ich mich zufrieden.
Nach der Begrüßung frage ich sie, ob sie Ende Dezember nach Tokio kommen wird. Sie möchte sehr gern, aber da die Familie ihres Vaters ihren Besuch angekündigt hat, wird sie wohl in Nikko bleiben. Abgesehen von meiner Enttäuschung darüber, sie zu Neujahr nicht sehen zu können, merke ich, wie weit entfernt ich von all dem bin, was sie froh oder traurig stimmt. Sie spricht ohne Punkt und Komma. Sie wurde ausgesucht, den aus der Edo-Zeit stammenden »Tanz des ersten Schnees« vorzuführen. Sie wird einen aprikosenfarbenen Kimono tragen, der vorn mit weißen Flöckchen und malvenfarbenen Chrysanthemen verziert ist. Damit das Kostüm perfekt ist, hat ihre Mutter ihr silberne Haarnadeln mit Korallenknöpfen gekauft. Die Aufführung soll im Festsaal der Schule vor den Eltern, den

Lehrern und zahlreichen weiteren Persönlichkeiten stattfinden. Mit der ihr eigenen Koketterie, unbeschwert wie eine Wolke am Frühlingshimmel, verspricht Tetsuko mir ein Foto zu schicken, damit ich sie frisiert und geschminkt sehen kann. Ich werde nicht müde ihr zuzuhören: was sie sagt, ist nicht wichtig, aber ihre sorglose Stimme gibt mir etwas Lebenslust wieder. Ich brenne darauf, sie zu sehen, flehe sie an, mit Großmutter nach Tokio zu kommen, und sei es nur für ein oder zwei Tage vor oder nach der Aufführung. Sie verspricht mir ihre Eltern zu fragen. Ich rufe noch: »Ich schreib dir wieder!«, und lege dann auf. Im Treppenhaus sind Schritte zu hören. Ein Schlüssel dreht sich im Schloss und Mutter kommt mit einem ansehnlichen Paket voller französischer Brötchen zurück.
»Telefonierst du immer noch? Glaubst du nicht, dass du etwas Besseres zu tun hast, als deinen Klassenkameraden ständig am Hals zu hängen? Damit sie nett zu dir sind! Macht es dir nichts aus, dass sie dich schlecht behandeln?«
Diese Bemerkung nehme ich ihr übel. Menschen, die dich lieben, können dir genauso wehtun wie andere . . .
Nachts träume ich vom Wald, vom Schnee, vom Warten auf den Frühling. Ich höre Tetsukos Lachen und mein Herz schlägt so stark, dass das Kopfkissen lebendig zu werden und Sprünge zu machen scheint, bis es sich wieder beruhigt.

HERR HIROSHI, DER LEHRER

Ich durchschaute genau, was um mich herum geschah. Dabei war ich stets darauf bedacht, mich nicht in die Streitigkeiten zwischen den Kampfhähnen unter meinen jungen Schülern einzumischen. Meine Aufgabe ist es, für Ordnung zu sorgen und durchzusetzen, dass mir zugehört und gehorcht wird.
Takeo war der Jüngste in der Klasse. Unbewusst hatte ich ihn den anderen vorgezogen, hatte mich im Unterricht seiner besonders angenommen und insgeheim seine Intelligenz und seine Frühreife bewundert.
Nach dem Zwischenfall in Harajuku, als er ohne mein Wissen seine Probleme mit Yukio zu regeln versucht hatte, änderte ich meine Einstellung zu ihm. Seine Reaktion verriet einen Mangel an Vertrauen und ich fühlte mich in meiner Ehre als Lehrer verletzt. Nach sorgfältigem Abwägen entschloss ich mich zu tun, was ich für richtig hielt: Ich würde ihm keine Verwarnung dafür erteilen, dass er verbotenerweise in Uniform nach Harajuku gegangen war, würde mich aber von ihm distanzieren. Er hatte mir nicht vertraut.

Der Dezember war schon gekommen. Wie beabsichtigt schränkte ich mein Lob für seine guten Arbeiten und seine nach wie vor respektvolle und aufmerksame Haltung ein. Daneben beobachtete ich auch Yukio mit der gleichen Unruhe, mit der ein Meteorologe das Nahen eines Taifuns verfolgt. Ein Junge wie dieser Klassensprecher ist keiner von denen, die im Lauf der Zeit von ihrer Beute ablassen. Dies umso weniger, als Takeo bei dem gefährlichen Spiel von Schwächeren und Stärkeren mit einer geradezu sträflichen Folgsamkeit mitmachte.

Seit Anfang des Jahres hatte der »Kleine« die Aufmerksamkeit des »Großen« auf sich gezogen und dessen Jagdinstinkt geweckt. Takeo ermöglichte seinem Gegenspieler leicht zu erringende Siege, die dessen Ansehen in der Klasse festigten. Aber das Wild schlich sich weg. Yukio würde jedoch nicht zögern, die Feindseligkeiten wieder aufzunehmen.

Manchmal beunruhigte mich der Gedanken an das, was sich da zusammenbraute. Doch spürte ich dunkel, dass ich nichts dagegen machen konnte. Das ist das Gesetz des Lebens: Jeder muss die Rolle spielen, die ihm bestimmt ist. Meine Aufgabe ist es, über die Gruppe zu wachen und dafür zu sorgen, dass die mir anvertraute Klasse der Würde unserer Schule gerecht wird.

KENZO

Ich erfuhr als einer der Ersten von Herrn Kimuras Vorgehen gegenüber Yukios Vater. Es war ungewöhnlich, dass zwei Schüler ihre Streitigkeiten durch die Eltern regeln ließen. Ich glaube sogar, das hatte es noch nie gegeben! Bald wurde in der Klasse über nichts anderes mehr gesprochen. Falls Yukio noch einen Vorwand suchte, um seine Einstellung zu rechtfertigen, so hätte ihm nichts Besseres geschehen können. Schlau, wie er war, sagte er Herrn Hiroshi nichts von dem Besuch. Dieser erfuhr es durch das allgemeine Gerede und er ließ Takeo seine Unzufriedenheit spüren: Takeo hatte die Ehre des Gymnasiums verletzt, als er in Uniform nach Harajuku ging; er hatte das Vertrauen seines Lehrers enttäuscht, indem er versuchte ein klasseninternes Problem zu lösen, ohne ihn zu informieren; und er hatte gegen das Gebot der Solidarität unter den Schülern verstoßen, als er ein sträfliches Unabhängigkeitsstreben zeigte.

Von diesen Anklagen wie benommen, verteidigte sich der Waschbär nicht. Die ganze Klasse war vorbehaltlos der Meinung, dass er die Tracht Prügel zu Recht bekommen hatte, und auch Hiroshi San stellte sich von nun an auf unsere Seite. Der Vorfall in Harajuku war für unsere Verschwörung nur von Vorteil.

Ich selbst hatte nie etwas gegen Takeo gehabt. Wir waren zusammen in die Grundschule gegangen und dort gute Kameraden gewesen, ohne näher befreundet zu sein. Zu Beginn des ersten Jahres im Gymnasium ergab sich eine gewisse Rivalität zwischen uns, weil wir uns gegenseitig die

Position des Klassenbesten streitig machten. Dieses Spiel gab unserer Arbeit zusätzlichen Auftrieb. Mit der Zeit kühlte unsere Beziehung jedoch ab. Takeo sah jedes Mal zu mir herüber, wenn wir Noten bekamen. Als ich mich eines Tages deswegen beschwerte, lachte er mich aus und sagte, ich solle mich zum Teufel scheren. Das passte mir nicht, doch wurde mir klar, dass nur Yukio ihm das Maul stopfen konnte.

Wie verabredet, ließen wir nach dem Vorfall in Harajuku einige Zeit verstreichen. Nakaï, Yukio und ich begnügten uns damit, umschichtig bei Kimuras anzurufen, um mit unserem Druck nicht nachzulassen. Wenn Takeo den Hörer abnahm, war er atemlos wie nach einem Hundertmeterlauf. Unsere Anrufe besprachen wir in den Pausen, ohne dabei genau auszumachen, wie wir das Herz unseres Opfers schneller schlagen lassen und ihm Angst, Aufregung oder Hass einflößen konnten.

Eines Abends nahm er seinen Mut zusammen und bat mich, mit den Belästigungen bei ihm zu Hause aufzuhören. Er gab zu, dass er jedes Mal aufsprang, wenn das Telefon läutete, und dass er nachts mit Alpträumen erwachte. Er versuchte mich zu erweichen, indem er gemeinsame Erinnerungen an die Grundschule heraufbeschwor. Für den Augenblick ließ ich mich darauf ein und wir sprachen wie zwei alte Freunde miteinander. Am nächsten Morgen war jedoch alles vergessen und ich fand mich erneut in der Gruppe wieder.

Vielleicht entschloss ich mich wegen dieser kleinen Schwäche, für die ich mich doch etwas schämte, zu dem bösen Streich, den wir ihm dann spielten. Die Idee dazu kam mir durch seine Erzählungen nach der Rückkehr aus den Feri-

en: Chuzenji, die Kusine, die blaue Eidechse. Ja, dieses Tier . . . bis zum Erbrechen hatte er uns davon erzählt!
Voller Enthusiasmus ging Yukio sofort auf meinen Plan ein. Er verteilte die Rollen und legte im Nu die Einzelheiten des Vorgehens fest. Und so lief das Ganze dann ab: Am Donnerstag läutete Masato mittags an der Wohnungstür der Kimuras. Frau Kimura machte gerade sauber. Sie erkannte gleich das runde Gesicht von den Klassenfotos und ließ Masato hereinkommen.
Mit seinem breiten Babylächeln, seiner schlichten Art und seiner Freundlichkeit weckt der dicke Masato auch bei den misstrauischsten Leuten Zutrauen. Höflich stellte er sich Frau Kimura vor und erklärte ihr den Grund seines Kommens einleuchtend und Frau Kimura stellte voller Freude fest, dass ihr Sohn doch Freunde hatte. Trotzdem wunderte sie sich, dass Takeo nicht selbst die Eidechse holte, die er in Biologie zeigen wollte. Dies hatten wir natürlich vorausgesehen und uns schon eine Ausrede ausgedacht: Takeo hatte Klassendienst und durfte die Klasse nicht verlassen. Das Argument schien Frau Kimura zufrieden zu stellen. Sie dankte Masato, bat ihn den Käfig selbst zu holen und gab ihm noch einige Ratschläge mit auf den Weg.
Masato ging in Takeos Zimmer, nahm den Käfig, steckte ihn in den dafür mitgebrachten Sack und ging wieder ins Wohnzimmer zurück. Frau Kimura hatte schon wieder den Staubsauger eingeschaltet. Masato verabschiedete sich und beeilte sich wegzukommen. Auf der Straße erwartete ihn Nakaï auf seinem Moped mit laufendem Motor. Als sein Bruder auf den Rücksitz sprang, drehte er sich gar nicht erst um.

»Ich hab sie, fahr los!«
Masato drückte die kostbare Last an sich. Wir hatten ihn vorsichtshalber nicht in unsere Pläne eingeweiht und er glaubte an einen harmlosen Spaß. Jetzt kam ihm die Geschichte aber doch verdächtig vor: »Ihr werdet ihr doch nichts antun?«
»Darum brauchst du dich nicht zu kümmern, wir werden schon sehen. Halt dich fest!«
Auf der Toilette wurde die Eidechse umgebracht. Wir waren dabei zu dritt: Nakaï, Yukio und ich. Masato hatte sich im letzten Augenblick verdrückt – er hatte den Mut verloren, als er das verwirrte Tier sah. Es wagte nicht durch die offene Käfigtür herauszukommen. Vielleicht hatte es verstanden, dass es keine Chance zu fliehen hatte und der Tod es überall erreichen würde.
Yukios dicke, breite Hand passte gerade durch die Käfigtür. Er hatte Mühe, die Verurteilte zu fangen, die zum hintersten Ende des Käfigs geflohen war und sich mit den Pfoten an den Stäben festklammerte. Ihr Widerstand war jedoch aussichtslos und steigerte nur noch Nakaïs Mordlust.
»Gib sie mir!«
»Nein, lass! Mistviech!«
Die Eidechse versuchte in die Finger zu beißen, die sie würgten. Sie wehrte sich kurz und rührte sich dann nicht mehr. Als Yukio seine Hand öffnete, sprang sie unvermutet noch ein letztes Mal hoch.
»Es lebt noch, das Biest!«
Nakaï ergriff sie und warf sie gegen die Wand.
»Du Blödmann, du machst sie noch kaputt!«
Yukio nahm die leblose Gestalt am Schwanz und hielt sie mir hin: »Für dich, Künstler.«

Ich nagelte die Eidechse auf ein mit weißem Papier bespanntes Brett. Darauf hatte ich mit dem Pinsel ihren zoologischen Namen und einige Stichworte aus dem Biologiebuch geschrieben. Dann gingen wir in die Klasse zurück. Wir waren sehr gespannt auf das bevorstehende Drama: den Auftritt des ahnungslosen Takeo, seine Überraschung, seinen Protest, seine Tränen.
Die Mittagspause ging zu Ende und die Schüler stellten sich in Reihen auf dem Gang auf, um in die Klassen zu gehen. Takeo war der Letzte. Er stellte sich nicht mehr hinter den Klassensprecher wie am Jahresanfang, sondern an das entgegengesetzte Ende.
Er sah die an das Brett genagelte Eidechse nicht sofort. Ich hatte sie unten an die Wandtafel gestellt. Der Lehrer warf einen erstaunten Blick darauf, als er sich an sein Pult setzte, und fragte dann stirnrunzelnd: »Was soll das?«
Yukio stand auf und erklärte, dass wir für den Biologieunterricht eine Eidechse mitgebracht hätten. Jetzt sah sich auch Takeo das gevierteilte Tier an, verstand aber immer noch nichts.
»Ich sehe wohl, dass das eine Eidechse ist, ein schönes Exemplar. Wo habt ihr sie gefangen?«
»In Chuzenji, Herr Lehrer.«
Takeos Gesicht wurde aschfahl. Tonlos öffnete er den Mund wie ein an Land geschwemmter Fisch. Das dauerte ein paar Sekunden; dann wurde ihm übel. Er quetschte eine Entschuldigung heraus und lief zur Toilette, wo er sich wohl erbrach. Als er sich wieder hinsetzte, war das Brett verschwunden. Der Unterricht begann, die Hefte lagen auf den Tischen. Yukio war enttäuscht. Die Sache war gar nicht so witzig gewesen. Er hatte eine Tragikomödie erhofft:

Takeo würde sich mit rotem Kopf und wilden Gesten auf ihn stürzen und Hiroshi San würde versuchen ihn zurückzuhalten; stattdessen gab es nur ein schmerzerfülltes Opfer, das nicht den leisesten Protest äußerte.
Darüber hinaus verdarb der Lehrer unsere Freude noch zusätzlich. Während Takeo auf der Toilette war, verlangte er Aufklärung. Zwar machte er dem Klassensprecher keinen Vorwurf, gab ihm jedoch klar zu verstehen, dass er in Zukunft von jedem Plan vorher zu unterrichten sei.
Zu unserem Glück übertrug er seine schlechte Laune dann auf Takeo, dessen rot geränderte Augen ihn zu ärgern schienen. Schroff rief er ihn zur Ordnung, weil er sein Heft nicht wie die andern hervorgeholt hatte, und befahl ihm sich endlich die Nase zu putzen und mit dem Schniefen aufzuhören.
Die Stunde ging weiter, als wenn nichts geschehen wäre. Aber als das Pausenzeichen erklang, kam der Lehrer noch einmal auf den Vorfall zurück und wandte sich direkt an Takeo: Der Fortschritt in der Wissenschaft fordere Experimente wie das Sezieren und die Vivisektion von Tieren, so wie man auch töten müsse um sich zu ernähren. Wer vergieße Tränen wegen eines Fisches, der lebend zerschnitten werde, so wie es auf vielen Tischen geschehe? Oder wer jammere um einen Ochsen, den man vor dem Schlachten mäste? Sentimentalität am falschen Platz sei ungesund, dies solle man nicht vergessen.
Er wickelte den Kadaver der Eidechse in ein Blatt Papier, gab ihn Takeo und schlug vor, ihn im Schulgarten unter einem Baum zu vergraben. Takeo ging aus dem Zimmer, ohne irgendjemand anzusehen. Wir drängten uns an die Fenster, um mitzubekommen, was er tat. Er zögerte lange, bis er sich für den Trauerkirschbaum entschied.

Er brauchte kein großes Loch auszuheben. Als die Eidechse beerdigt war, legte er einen runden Stein auf die Stelle. Hiroshi San trieb uns aus dem Klassenzimmer. Wir liefen schnell in den Pausenhof. Yukio und ich blieben an der Schultür stehen. Wir wollten nicht vor dem Waschbären auf dem Hof sein, damit es nicht aussah, als flöhen wir vor ihm.

Takeo starrte eine ganze Weile auf den runden Stein, nahm dann seine Mappe und kam auf uns zu. Ein paar Meter vor uns blieb er stehen, als wolle er die Leere hervorheben, die sich zwischen ihm und uns aufgetan hatte. Er sagte, wir seien Feiglinge. Yukio wusste nicht, was er antworten sollte, und ballte nur die Fäuste in den Taschen. Da schrie Takeo ihn an: »Du, du bist kein Klassensprecher mehr für mich, du bist gar nichts . . . Ich verachte dich!«

Seine Lippen waren trocken, seine Schläfen zuckten nervös. Mechanisch schlugen seine Füße den Weg in Richtung U-Bahn ein.

HERR KIMURA

Ich wollte den üblen Scherz, den die Schüler mit Takeo getrieben hatten, nicht überdramatisieren. Grausamkeit liegt in der Natur des Menschen. Alle Kinder nageln Schmetterlinge auf Bretter und halten Grillen in Gläsern gefangen. Um eine Eidechse zu weinen ist albern: Mein Sohn enttäuschte mich. Als ich sah, wie gefühlvoll und empfindlich er war, bedauerte ich fast, dass er nicht als Mädchen zur Welt gekommen war. Wie sollte er sich später im Berufsleben gegen Rivalen durchsetzen, die immer auf dem Sprung sind, ihm eine angestrebte Position wegzuschnappen? Daran wollte ich lieber gar nicht denken!

Emiko hatte immer etwas gegen die Eidechse im Haus gehabt. Jetzt aber jammerte sie, dass das Tier nicht mehr da war, und gab sich selbst die Schuld daran.

Um die Atmosphäre von Trauer zu beenden, versuchte ich gleich am ersten Abend meinen Sohn aufzurichten. Ich erklärte ihm, dass Gefühle so viel taugen wie Löcher in einer Rüstung. Damit meine Frau erst gar nichts dagegen sagen konnte, schaltete ich den Fernseher ein. Ich kannte ihre Ansichten über Tiere: Jedes Leben ist gleich viel wert und der Priester spricht das *Nembutsu** für einen Hund ebenso wie für einen Menschen. Sie hätte vom Jenseits gesprochen, von all den Glaubensvorstellungen, von denen Leute wie sie zehren. Ich habe da eine andere Anschauung: Das Leben steigt wie eine Welle aus der Tiefe auf, rollt über sich selbst hinweg und sinkt wieder in das Nichts zurück, ohne Spuren zu hinterlassen. Später, wenn er seine Pubertät hinter sich hat, werde ich das meinem Sohn einmal erklären. In diesem Alter der inneren Zerrissenheit wissen die Kinder nicht, ob sie sich wie ein Junge oder ein Mädchen verhalten sollen. Mal sind sie naiv, mal aufgeklärt und oft gefallen sie sich sogar in diesem zweideutigen Zustand.

»Fang dich wieder, Takeo! Sei stark!«

Das war alles, was ich im Augenblick sagen konnte.

TAKEO

In den 20-Uhr-Nachrichten sah man die vereisten Landschaften auf Hokkaïdo. Nichts als weißes Land. Chuzenji hat jetzt sicher auch die blassen Farben des Winters angenommen. Tokio, bisher in strahlenden Sonnenschein getaucht, ist ebenfalls unter einer Schneedecke aufgewacht. Durch das Klassenfenster sehe ich in den Garten. Ich habe keine Lust mit meinen Nachbarn zu sprechen, sie würden mir sowieso nicht antworten. Ich versuche die blaue Eidechse zu vergessen, aber es gelingt mir nicht.
Während der Unterrichtsstunden habe ich ein bisschen Frieden, denn alle Schüler, ob sie mich nun ausschalten wollen oder sich nur nicht trauen mir ihre Sympathie zu zeigen, sind mit ihrer Arbeit beschäftigt und haben Angst vor dem bevorstehenden Examen. Ich habe nichts zu fürchten, keine Schikanen, keine Kränkung, keinen Krach: Es gibt mich nicht mehr. Klaglos ertrage ich die Einsamkeit auf meiner Schulbank. Sie verfolgt mich in den Straßen und springt mich wie ein zutrauliches Tier an, wenn ich mein Zimmer betrete.
Gestern abend schlief ich noch nicht, als Vater von einem Geschäftsessen heimkam. Ich hielt es nicht mehr aus, mit meiner Angst vor den anderen allein zu sein. Deshalb öffnete ich die Schiebetür gerade so weit, dass ich etwas sehen und zuhören konnte. Vater hatte sich mit gekreuzten Beinen hingesetzt und ließ sich seinen Kirschblütentee servieren, überheblich wie ein *Daymiyo** im *Kabuki**. Mutter erzählte ihm etwas von mir, aber er gab ihr keine Antwort: Er sah so aus, als ob man ihn mit einer langwei-

ligen Angelegenheit behellige. Den Tee trank er mit lautem Schlürfen, rauchte dann eine Zigarette und zog sich zurück. Mutter blieb noch etwas auf, räumte die Tassen fort und leerte die Aschenbecher. Mit herrischem Ton rief er sie und sie lief wortlos zu ihm hin. Hastig warf sie dabei das Geschirrtuch weg, als ob sie sich die Finger daran verbrannt hätte.

Die Tür zum Zimmer meiner Eltern ist dünn, die Bretter sind schlecht zusammengefügt. Ich schlich hin und beobachtete sie. Mir wurde klar, warum ich meinen Vater hasste.

OBOTCHAN, DIE GROSSMUTTER

Ich kündigte meinen Besuch frühzeitig an, damit Emiko genug Zeit hatte, das Haus von oben bis unten zu putzen, es der Tradition entsprechend zu schmücken und das Festessen vorzubereiten. Mit einem Wort: Sie sollte alle Arbeiten rechtzeitig erledigen können, die vor den Neujahrsferien anfallen.

Wie viele Generationen von Frauen haben schon Reismehlkugeln geknetet und sie mit Langusten, Orangen und Farnkraut verziert, ohne sich darüber im Klaren zu sein, dass das einzige wirkliche Geschenk des Neujahrstages die Illusion ist, dass zwölf glückliche Monate bevorstehen! Als ich jung war, bereitete ich die rituellen Gerichte zu, die dann drei Tage lang gegessen wurden: Karpfen und Bohnen für eine kernige Gesundheit, Maronen für die Weisheit, Algen für das Glück, Chrysanthemen für die Schönheit, die Wurzeln des heiligen Lotus für ... In den ersten Jahren machte ich das alles mit Begeisterung, später aus Gewohnheit. Unsere Götter, Spießgesellen des menschlichen Wahnsinns, verhinderten weder die Erdbeben noch die Bomben auf Hiroshima und Nagasaki oder die anderen, offenen wie versteckten, Leiden des Krieges.

Für meine Kinder geht das Leben weiter und ich nehme jedes Jahr mit ihnen an dem teil, was sie für mich vorbereitet haben, ohne von einem anderen Glück zu träumen als dem, mit ihnen zusammen zu sein und vom Unglück vergessen zu werden.

Als ich ankam, war alles für meinen Empfang vorbereitet. Takeo und sein Vater holten mich vom Bahnhof in Ueno

ab. Emiko war zu Hause geblieben, um die letzten Vorbereitungen zu treffen. Der Kleine war enttäuscht, dass seine Kusine nicht mitgekommen war. Er hatte wohl noch auf irgendeine Programmänderung in letzter Minute gehofft. Die Karte und das Foto, die ich ihm von Tetsuko gab, trösteten ihn kaum. Ich fand, dass er müde aussah, und sagte das auch meinem Schwiegersohn.
Reine Einbildung, meinte der. Seiner Ansicht nach war alles in Ordnung und mein Enkel mache wohl gerade eine schwierige Entwicklungsphase durch, das sei alles!
Am Abend des 31. Dezembers läutete das Telefon, als wir uns gerade um den *Kotatsu* gesetzt hatten. Mit den Schwestern und dem Schwager meines Schwiegersohns waren wir zu siebt.
Der Anruf kam aus Chuzenji. Emiko nahm den Hörer ab und redete endlos. Dann war ich an der Reihe. Nach mir kam mein Schwiegersohn, der sich wie immer kurz hielt und den Hörer schließlich seinem Sohn gab:
»Deine Kusine will dir etwas sagen.«
Die Telefonverbindung aus unseren gewittrigen Höhen irrte durch den Nebel, bevor sie uns erreichte, und wurde durch ein ständiges Knistern gestört.
Tetsuko ist ein Schmetterling, leicht und fröhlich, aber immer mit sich selbst beschäftigt: mit ihrem Spiegelbild und dem Eindruck, den sie auf andere macht. Ich konnte mir denken, wovon sie wohl ihrem Vetter erzählte – vom Schulfest, bei dem sie der Star gewesen war, und von ihrem neuen Schlitten, mit dem sie jetzt auf den verschneiten Hängen rodelte.
Takeo antwortete eher einsilbig. Sicher hätte er ihr auch viel mitteilen wollen, aber er konnte den Wortschwall der

Kleinen nicht stoppen. Mein Schwiegersohn wurde ungeduldig: »Bleib nicht stundenlang am Telefon, komm essen! Wir warten alle schon auf dich!«
Die Stimme seines Vaters ließ Takeo wie stets erstarren. Er stammelte nur noch: »Schreib mir wieder!«
Jetzt äußerte Tetsuko wohl seinetwegen Sorgen, denn er antwortete auffallend schnell: »Ja, es ist alles in Ordnung, mach dir keine Gedanken um mich. Ich werde dir alles erzählen.«
Und mit leicht verunsichertem Blick legte er den Hörer wieder auf.
Während des Essens ging die Unterhaltung weiter. Mein Schwiegersohn kommentierte den erst kurz zurückliegenden Eisenbahnerstreik, der die gesamte Region betroffen hatte. Im Fernsehen waren Bilder von beispielloser Brutalität gezeigt worden: Zusammenstöße zwischen vermummten Streikenden und Polizisten, die zur Schlagabwehr Helme und Knieschützer trugen und deren Ärmel dick ausgepolstert waren. Es war eine Schlacht riesiger, mit Dornen und Stöcken ausgestatteter Insektenmonster gewesen.
Sein Schwager, ein Anhänger der *U-Yokus*, hielt Ordnung und Disziplin in einer starken Nation für unverzichtbar. Diese Vorstellung war ihm durch seine Familie mitgegeben worden, die im Krieg viele Angehörige verloren hatte und für die die Niederlage verheerend gewesen war.
Wie alle japanischen Familien verehrten auch wir den Kaiser. Aber mittlerweile haben wir uns an die neuen, von den Amerikanern übernommenen Anschauungen gewöhnt und mein Schwiegersohn findet, dass es das von unseren Vorfahren errichtete traditionelle Japan nicht

mehr gibt. Bei Tisch wurde noch lange diskutiert. Ich sagte nichts, musste ihm aber insgeheim beipflichten.
Ich beobachtete Takeo, den dieses Gespräch nicht berührte. Er schien abwesend zu sein. Sicher träumte er von einem Wald, in dem die Affen aneinander gekauert sitzen, um ihre Angst zu vermindern, und die Menschen mit spöttischen Blicken betrachten. Dieses viel zu feinfühlige Kind konnte sich nicht mit Grausamkeit, Beton und Umweltverschmutzung abfinden!
Emiko schlug vor, bereits um acht Uhr zum Tempel aufzubrechen, um dem späteren Gedrängel dort zu entgehen. Genau wie ich hatte auch sie genug von der Unterhaltung der Männer, die mit Worten eine Welt nach ihren Vorstellungen schufen und dabei nicht sahen, was um sie herum geschah. Sie forderte Takeo auf, schlafen zu gehen, damit er am nächsten Tag in Form war. Ich meinte, er sollte noch ein Weilchen bleiben und mit uns fernsehen: Das Abendprogramm versprach mit einem Abenteuerfilm und Ratespielen unterhaltsam zu werden.
Seit Beginn des Essens hatte ich meinen Enkel beobachtet. Mehr und mehr kam ich zu der Überzeugung, dass er sich verändert hatte: Sein Blick war traurig und er ließ die Schultern hängen. Als das Telefon läutete, war er ungewöhnlich nervös aufgesprungen. Ich hätte gern mit seinen Eltern über ihn gesprochen, wusste aber schon im Voraus, dass sie sein Verhalten mit dem Gymnasium und dem Heranwachsen entschuldigen würden. Emiko machte sich zwar über Lappalien Gedanken, nicht aber über Wesentliches. Wie bei allem würde sie auch hier die Meinung ihres Mannes teilen.
Meine Kinder hatte ich mit Härte erzogen. Damals war

aber auch eine andere Zeit: erst der Krieg, Familien ohne Männer und dann ein Frieden, der uns noch mehr Entsagungen abverlangte, in dem das Elend nur noch schlimmer wurde. Die damalige Härte war eine Folge der geschichtlichen Ereignisse, die uns zu Verlierern gemacht hatten. Aber heute?

Takeo bestand nicht darauf, im Wohnzimmer zu bleiben, sondern er sagte uns Gute Nacht und ging in sein Zimmer. Ich weiß nicht, womit er sich dort beschäftigte, ob er las oder schrieb oder ob er noch mit seinen Kopfhörern, mit denen er wie ein Marsmensch aussah, Musik hörte. Jedenfalls schien in seinem Zimmer noch lange, nachdem die Gäste gegangen waren, Licht.

Am nächsten Tag, dem ersten Januar, fuhren wir wie geplant zum *Meiji Jingu**. Dieses Heiligtum liebe ich sehr, weil der Tempel und die ihn umgebenden zehntausend Bäume von Japanern jeder Herkunft als Zeichen der Verbundenheit mit ihrer Tradition gestiftet worden sind. Den Wagen ließen wir auf dem Parkplatz stehen und gingen den Weg zum Tempel zu Fuß. Ich bat um ein Familienfoto unter dem Zypressenholztor, von dem Takeo sagte, es sei mit Schmetterlingsflügeln verziert.

Am heiligen Brunnen nahmen wir unsere Reinigungen vor, wobei mein Enkel darauf achtete, seinen neuen Anzug nicht mit Straßenstaub zu beschmutzen. Ich führte ihn zu den Priesterinnen in den roten Röcken, die vor der Göttin tanzten. Sie hielten in ihren Händen *Sasakizweige** mit leuchtenden Blättern und Pfeilbündel, die sie als Glücksbringer für das neue Jahr an die Pilger verteilten.

Emiko klatschte in die Hände, um die Aufmerksamkeit der Götter auf sich zu lenken, und hielt dann ein Ohr an den

Tempel, um das Echo aus seinem Innern zu hören. Mit den Lippen murmelte sie die Gebete, die ich ihr vor langer Zeit beigebracht hatte, als sie noch ein Kind war. Sie bat um Gesundheit, Erfolg, ein langes Leben und Wohlstand. Es waren schlichte Wünsche, wie sie jeder in der aus allen Altersgruppen zusammengesetzten Menschenmenge im selben unbestimmten Glauben an die Allmacht des Himmels hatte. Takeo und ich machten es wie sie.

An der Stärke ihrer Inbrunst lässt sich die Unschuld der Kinder messen. So wie Takeo sich innerlich sammelte, mit geschlossenen Händen und gesenkten Augen, durchdrungen von dem furchtbaren Geheimnis des Jenseits, schien er mir etwas von den Göttern zu erhoffen, was die Menschen ihm verweigerten. Er hatte es sicher schwer. Ich legte meine Hand auf seine Schulter. Er ließ sich diese Zärtlichkeit gefallen und dankte mit einem Lächeln. Genau da lag das Geheimnis seines Leidens: in seiner Neigung sich anderen preiszugeben. Darum musste er immer mehr Schläge einstecken, als er selbst austeilte. Wenn es die Götter wirklich gäbe, dann hätten sie seine innersten Geheimnisse lesen und ihn davon überzeugen müssen, dass er um nichts anderes bitten musste als um Kraft.

Das Murmeln der Gebete um uns herum, das metallene Geklingel der in die Opferschalen fallenden Münzen und der dumpfe Klang einer Glocke brachten etwas Leben in die düstere, altertümliche Zeremonie. Ein Gläubiger nach dem anderen schlug an die Glocke, um die Aufmerksamkeit der Götter zu wecken. Das graue, monotone Bild der Menge wurde von den Kimonos der Frauen und Mädchen etwas aufgehellt.

Die Stimmung war alles andere als ausgelassen. Mit ernstem Gesichtsausdruck zog jeder die Bilanz des vergangenen Jahres und fragte sich, was das neue bringen würde. Die Besucher wurden alle von demselben Gefühl der Furcht und der Ehrerbietung bewegt. Die Götter waren nur deshalb so mächtig, weil sie gefürchtet wurden; alle, die sich vor ihnen niederwarfen, wussten, dass sie sie nicht lieben, sondern sich unterwürfig zeigen mussten, um ihrem Zorn zu entgehen und ihre Gunst zu gewinnen. Ihr Gebet war eine demütige Huldigung der Tyrannen, die ihre Existenz bestimmen. Milde findet man nur in der Natur, die den strengen Rahmen des Tempels umgibt: Dort sind die viele hundert Jahre alten Bäume unwandelbare Zeugen des Menschseins.

Wir kehrten so benommen nach Hause zurück, als hätten wir eine Reise in die Unendlichkeit hinter uns. Emiko war glücklich: die als Willkommensgruß auf die Türschwelle gelegten Fichten- und Bambuszweige und die mit weißem Papier zusammengehaltenen Reisstrohzöpfe verstärkten ihre Zuversicht. Sie hatte alles Erforderliche getan, um die Gunst des Himmels herbeizurufen; das neue Jahr würde gut werden. Daran hatte sie keinen Zweifel.

Die Verwandten meines Schwiegersohns aßen bei ihren Vettern in Yokohama zu Mittag. Wir hatten ein Ehepaar aus der Nachbarschaft zu Gast. Es gab das gleiche Essen wie am Vortag, dazu Heringslaich, der zahlreiche Nachkommen sichern sollte, sowie eine Goldbrasse und Glück bringende Knödel.

Traditionsgemäß las Herr Kimura mit lauter Stimme seine Schrift zum neuen Jahr vor. Es war ein von ihm selbst verfaßter *Kakizome**, in dem er die guten Vorsätze der Familie schilderte. Er wollte seine Stellung im Unterneh-

men festigen, Emiko würde *Sumiye**-Stunden besuchen und Takeo die nächste Klasse erreichen. In diesem Moment des Friedens waren keine bösen Geister anwesend.
Zum Nachtisch servierte meine Tochter grünen Tee und Süßigkeiten aus Kyoto. Eine rosa Kugel aus Sojapaste legte sie auf den Teller ihres Sohnes. Mein Schwiegersohn suchte für ihn eine Mangopastete aus und ich wählte eine Reisstange mit braunem Zuckerkandis.
Takeo dankte jedem von uns mit guten Wünschen. Dann betrachtete er lange seinen Nachtisch, ohne ihn anzurühren.
»Iss doch, an was denkst du?«, sagte meine Tochter. Takeo antwortete: »Ich denke daran, dass drei Nahrungsstücke auf einem Teller bedeuten: Mikire, tötet mich!«
Ich zog ihn am Ohr und nannte ihn einen großen Dummkopf, aber mein Schwiegersohn ging in die Luft: »Dieses Kind ist wirklich eine Zumutung! Da gibt man sich alle Mühe, damit er sich wohl fühlt, und dann verdirbt er einem die ganze Freude! Kein Wunder, dass er so viele Feinde hat!«
Solche Worte brechen stets zu schnell heraus und stiften Unheil.
Takeos Gesicht wurde kreidebleich. Ich wies darauf hin, dass er heranwachse und es nicht leicht sei, erwachsen zu werden. Als alter Mensch bedauere ich, kein Kind mehr zu sein. Ein Schatten war auf diesen glücklichen Tag gefallen.

TAKEO

In der nächsten Nacht träumte ich vom *Meiji Jingu*: Vom Staub, den die Füße der Pilger aufwühlten, vom Gewimmel der Kimonos und der dunklen Anzüge, von dicken, schwarzen Haarbüscheln, von mit Federn besetzten Pfeilen und von Tetsuko. Ich glaubte sie viele Male in der Menge zu erkennen, sie, die so weit weg im Gebirge war: so weit, dass ihre Stimme nur ganz schwach zu mir drang, als sei sie vom Kampf gegen den Dezemberwind in der eisigen Nacht erschöpft.

Am Tag nach den Feierlichkeiten fuhr Großmutter wieder zurück. Wie sie zuvor ihren Besuch bei uns kaum noch hatte erwarten können, wollte sie jetzt so schnell wie möglich nach Hause. Ich begleitete sie zum Bahnhof und war sehr traurig, als wir uns trennten. Sie umarmte mich so kräftig, dass ich beinahe in ihren Armen erstickte. Ich hatte ihr einen Brief an Tetsuko mitgegeben. Darin berichtete ich, welche Geschenke es gegeben hatte, wie gut die von Mutter zubereiteten Festessen gewesen waren und dass das Zeugnis für das vergangene Trimester mir ausgezeichnete Leistungen bestätigte.

Masato hatte mir einen Neujahrsgruß geschickt. Es lag ihm daran, zum neuen Jahr unsere Freundschaft aufzufrischen. Auf der Postkarte war Kintoki, das Kind der Berge, abgebildet, das die Sprache der wilden Tiere versteht. Ich legte die Karte zu meinen anderen Schätzen: den Fotos, Schlüsselanhängern, den *Darumas** aus Pappmaschee und zu all meinen Gedichten. Die, die ich in den Ferien in Chuzenji geschrieben hatte, las ich bei dieser Gelegenheit wieder.

Wäre sie nach Tokio gekommen, hätte ich sie auch meiner Kusine vorgelesen!

See der vier Jahreszeiten
Schnee und Sonne, Frühlingsknospen,
Vom Herbst versengte Blätter.
Stiller See, über seinen Geheimnissen verschlossen,
Der die Hochmütigen demütig macht.
See der weißen Schwäne,
Zu dem meine glücklichen Gedanken hinfliehen,
In dem meine Qualen versinken.
Mein Spiegel und meine Zuflucht!

Heute bekam ich einen Brief von Tetsuko:
Der Tanz des ersten Schnees wurde ein großer Erfolg, ich stellte zusammen mit meiner besten Freundin Mariko den Mond der Erinnerung dar. Der Festsaal war voll, sogar der Bürgermeister kam und klatschte begeistert. Für den zweiten Tanz wechselte ich meinen aprikosenfarbenen Kimono gegen einen stahlblauen aus, der mit Kamelienblüten und Pflaumenblüten voller Reif bedeckt war. Meine Haare trug ich in einer hohen Shimade* *mit einem unter dem Kinn verknoteten Band. Lichtreflexe verschafften den Eindruck von dichtem Schneefall. Zwei Musiker aus Nikko spielten zur Begleitung auf einem* Koto* *und einem* Shamisen*. *Schade, dass du nicht da warst! Warum kommst du nicht wenigstens für einen Teil deiner Ferien her? Das wäre fantastisch!*
Gerade lese ich deinen Brief noch einmal. Da du die Schule nicht erwähnst, ist wohl alles in Ordnung. Das wundert mich nicht. Du bist viel mutiger, als man denkt. Das weiß ich seit dem Gewitter. Erinnerst du dich noch daran?

Sie hat nichts verstanden. Eigentlich sollte ich mich darüber freuen, denn ich möchte sie nicht durch Kummer und Ärger vergrämt sehen, und trotzdem bin ich traurig. Eine innere Wut erfasst mich und ich zerreiße den Brief in kleine Fetzen.

MASATO

Das dritte Trimester begann mit der unabänderlichen Eröffnungszeremonie in der Aula, an der auch die Lehrer teilnahmen. Der Direktor hielt den gleichen Vortrag wie immer: Er warnte die Schüler davor, sich gehen zu lassen und den Mut zu verlieren, erinnerte daran, dass keine Klasse zweimal besucht werden darf und dass jeder das Gymnasium verlassen muss, der nicht versetzt wird. Darauf folgte die Aufzählung all dessen, was verboten ist: Zigaretten, Motorräder, Alkohol jeder Art, in Uniform nach Harajuku zu gehen und Zuspätkommen. Er betonte, wie wichtig der Zusammenhalt der Schüler sei. Die Möglichkeit zu lernen bezeichnete er als unser Glück: Bereits heute erhalte unsere Zukunft durch die strenge Zucht im Unterricht eine solide Grundlage.

In Reih und Glied aufgestellt, mit gekreuzten Armen und erhobenen Köpfen, waren wir eine riesige, schwarze Masse, ein niedergeducktes, aber ungezähmtes Tier. Wir bildeten ein aufmerksames Publikum, das sich seine Kommentare für später aufhob. Mit der gleichen Disziplin marschierten wir in die Klassen zurück. Die Reihen liefen so regelmäßig auseinander wie ein Strickfaden beim Auftrennen.

Als wir in unsere Klasse kamen, dankte mir Takeo für die Karte. Nicht mit Worten, sondern einem anerkennenden Blick – vor den anderen hätte er es nicht gewagt mit mir zu sprechen.

Es war zwar eine nette Geste von mir gewesen, ihm Neujahrsgrüße zu schreiben, aber ich war ihm das einfach schuldig. Er war der Einzige, der mich nicht als »Buddha von Kamakura« verspottete und der keine Bemerkungen über meinen Appetit machte. Und vor allem hatte er mich niemals wegen der Eidechse angesprochen.

Die Karte musste ich heimlich schreiben. Mein Bruder hätte es nicht zugelassen, dass ich Takeo einen Gruß schickte. Er hatte mir den Kontakt ausdrücklich verboten. Und das nicht ohne Grund: Wie ich waren einige von uns dem Klassensprecher gegen ihre Überzeugung gefolgt. Sie hatten jedoch alle eingesehen, dass sie das ausgewählte Opfer nicht retten würden, wenn sie sich auf seine Seite stellten, sondern damit eher sein Los teilen würden.

Herr Hiroshi sorgte für Ruhe und die erste Stunde im neuen Jahr begann recht feierlich. Wie immer nach den Ferien war ich optimistisch. Ich hoffte, dass Yukio seinen Kampf gegen Takeo langsam einschlafen lassen und sich damit das Klima in der Klasse wieder bessern würde.

Die Arbeiten der letzten Woche vor den Ferien wurden zurückgegeben. Takeo hatte wieder die besten Noten bekommen. Der Lehrer lobte ihn dafür, fügte aber moralisierend hinzu, dass man sich seines Erfolgs nicht von vornherein sicher sein dürfe: Eine gute Note sei nur ein Schritt in die richtige Richtung. Wie die schlechten müssten auch gute Schüler immer darauf gefasst sein, unerwartet zu versagen. Er wies auf die Sumokämpfer hin, die ihre Titel in jeder Spielzeit wieder in Frage stellten. Kenzos Note war einen Punkt schlechter als die von Takeo. Yukio hatte nur ein durchschnittliches Resultat erreicht.

Vielleicht hätte Takeo nicht so selbstsicher auftreten sollen, als der Lehrer ihn aufforderte, den Text für die nächste Arbeit an die Tafel zu schreiben. Als er zu seinem Platz zurückkehrte, lächelte er. Ein Lächeln zu viel. Die Wut des

Klassensprechers war gleich wieder am Siedepunkt, nervös trommelte er mit den Fingern auf das Pult. Herr Hiroshi befahl ihm kommentarlos sich zu beruhigen.
Wegen einer Lappalie kam es dann zu einem Zwischenfall. An der Art, wie Yukio aus der Klasse stürmte und jeden beiseite stieß, der ihm in die Quere kam, erkannten wir, dass ein Gewitter bevorstand. Wir gingen den Flur entlang und hatten es nicht eilig, den Pausenhof zu erreichen. Kenzo fragte Takeo, ob er in den Ferien Sport getrieben habe. Der entgegnete, dass Muskeln leichter zu trainieren seien, als Klassenbester zu werden. Wegen seiner Rolle in der Eidechsengeschichte hasste er Kenzo noch mehr als Yukio. Auch die Rivalität um den ersten Platz spielte da hinein. Yukio kam Kenzo mit einer weiteren Frage zuvor:
»Sagst du das zu mir?«
»Zu jedem, der es hören will. Ich richte mich an niemand persönlich.«
Unsere Blicke wanderten von Takeo zu Yukio. Eine Schlägerei drohte, die der Knirps sehr wohl provoziert hatte. Mir war das zuwider.
Ich kannte Yukio besser als alle anderen, weil er uns als Freund meines Bruders häufig besuchte. Wie so oft hatte ich auch am Tag vor Schulbeginn ihre Gespräche mitbekommen und kann deshalb bezeugen, dass der ganze Streit anfing den Klassensprecher zu ermüden, da er zu nichts führte. Er hatte genug von Takeos Leidensmiene, die ihm noch mehr auf die Nerven ging als dessen blinde Bewunderung von früher. Und fast ohne sein Zutun fing nun alles wieder von vorn an, die Beschimpfungen, die Herausforderungen, das Verlangen die Kräfte zu messen. Die Wiederaufnahme der Feindseligkeiten versetzte die ganze

Gruppe unter Spannung. Yukio würde auf ihre Erwartungen reagieren oder seine Rolle als Anführer aufgeben müssen. Kenzo wurde ungeduldig und stichelte: »Der Waschbär hat den Tiger gebissen und du sagst nichts?«
Yukio erinnerte ihn barsch, dass ihm niemand etwas zu sagen habe. Nakaï kam dazu und schlug vor Handball zu spielen. Ein »Hurra« dröhnte aus allen Kehlen. Weil dieser Vorschlag nicht an ihn gerichtet war, drehte Takeo sich um und ging pfeifend weg. Ich staunte über seinen Mut. Nakaï blieb stehen und ließ die Schüler vorbeigehen. Er sah zu, wie Takeo mit den Achseln zuckte und hochmütig abzog.
»Der ist aber hartnäckig!«
Yukio widersprach: »Nicht mehr lange. Jetzt müssen wir dem Ganzen ein Ende bereiten.«
»Brauchst du mich dafür?«
»Ja, dich und alle anderen. Wir sprechen später darüber. Geh jetzt erst mal und sag den anderen Bescheid.«
Er schob ihn zur Treppe, die gerade ein paar Nachzügler stürmisch hinuntersprangen, um zum Handballspiel zu kommen. Bald sah man keine Menschenseele mehr auf dem Flur. Yukio war in Rachegedanken versunken und hatte mich nicht bemerkt. Mit finsterer Miene, die Hände tief in den Hosentaschen vergraben, ging er weg. Wie betäubt von dem, was ich da gerade gehört hatte, blieb ich zurück. Da ich das Schlimmste fürchtete, lief ich ihm nach und bat ihn Takeo nichts anzutun. Er drehte sich um und sagte: »Was denkst du denn? Ich rühre deinen Freund bestimmt nicht mehr an, an dem mache ich mir die Hände nicht schmutzig. Das kann ich dir schwören! Hau jetzt ab, sonst rufe ich deinen Bruder!«
Er war überhaupt nicht mehr so erregt wie vorhin in der

Klasse, sondern wirkte erschreckend entschlossen. Ich machte schleunigst kehrt.
Zunächst lief ich zu den Handballspielern, wie Yukio es mir befohlen hatte. Da die Mannschaften aber schon ohne mich aufgestellt worden waren, gab es keinen Grund, auf dem Sportplatz zu bleiben. So ging ich wieder in unser Stockwerk zurück. Aus den leeren Klassenzimmern kam kein Laut, aber im Waschraum hörte ich Geräusche. Ich ging hinein und sah Takeo, der sich die Hände wusch. Er musste seine Basketballschuhe aus der Garderobe geholt haben, trug sie jetzt, die Schnürsenkel aneinander gebunden, über der Schulter.
Wir betrachteten uns gegenseitig im Spiegel: ich so dick, er so dünn, beide allein und fern von den andern – und jeder mit der gleichen Angst. Ich sagte ihm, dass Yukio etwas Übles aushecke und er wachsam sein solle, denn offenbar werde es nun ernst.
Er hielt die Hände unter den Wasserhahn und gab sich so selbstsicher wie möglich, wie um das Unheil, das sich über ihm zusammenbraute, zu bannen. Ich solle mir keine Sorgen machen, antwortete er und fügte dann hinzu: »Was auch immer kommen mag, ich werde nicht vergessen . . .«
»Was wirst du nicht vergessen?«
»Dass du mir helfen wolltest, obwohl du weißt, dass es nichts nützt.«
Es war ganz still, außer uns beiden war niemand da. Das ganze Leben des Gymnasiums hatte sich von den Klassen auf die Sportplätze verlagert. Takeo stellte seine Schuhe auf den Beckenrand. Ich sagte ihm etwas Anerkennendes über seinen Mut, worauf er entgegnete: »Es ist sehr schwer mutig zu sein, wenn man nicht der Stärkere ist. Aber unmöglich ist es nicht.«

Er schaute unruhig auf die Uhr und drängte mich zu gehen, damit man uns nicht zusammen sah. Er wollte nicht, dass ich Ärger bekam. Ich schämte mich ihn allein zu lassen, war aber auch erleichtert und zog schnell los.
Als die Glocke das Pausenende ankündigte, kamen alle Schüler zurück und setzten sich auf ihre Plätze. Sie waren noch ganz außer Atem. Ich traute mich nicht meinen Kopf zu Takeo zu drehen. Meine Warnung von eben erschien mir jetzt sinnlos. Und was wäre gewesen, wenn uns jemand zusammen überrascht und daraus geschlossen hätte, dass ich mit dem räudigen Schaf gemeinsame Sache machte? Bei dieser Vorstellung überlief mich ein Zittern. Ich schwor mir selbst, so etwas nie wieder zu tun – das Risiko war zu groß und ich kein Held.

HIROSHI, DER LEHRER

Als ich von dem neuen Plan unterrichtet wurde, erfasste ich nicht sofort dessen ganze Tragweite. Ich stellte mir einen Streich vor, vielleicht sogar einen bösen Streich. Gleichzeitig hoffte ich, dass dadurch die Spannung um Takeo abgebaut würde, die mich zu beunruhigen begann. Tatsächlich störte mich vor allem, dass Yukios Plan die Grenze des Schicklichen überschritt: War es nicht frevelhaft, die heiligen Beerdigungsriten nachzuahmen und mit traditionellen Todeszeremonien Unfug zu treiben – und sei es auch nur zum Spaß? Und das in dem Klassenzimmer, das mir anvertraut war?
Dann sagte ich mir, dass man die Angelegenheit nicht überbewerten sollte. Waren wir nicht bemüht den Kindern beizubringen, dass sie den Tod nicht dramatisieren, sondern ihm mutig ins Angesicht schauen sollten? Und war nicht gerade der ein guter Japaner, der keine Angst hatte zu sterben?
Außerdem waren die Vorbereitungen bereits angelaufen. Da ich die Operation ohnehin nicht mehr aufhalten konnte, war es das Klügste sie zu überwachen.
Im Nachhinein muss ich auch zugeben, dass meine Abneigung gegen Takeo mich blind machte. Den Vorfall in Harajuku hatte ich ihm nicht verziehen. Seitdem war sein Gesicht für mich das eines Verräters, und je trauriger es wurde, umso mehr grollte ich ihm. Die Wolken, die uns alle zu überwältigen drohten, konnten nur vertrieben werden, wenn endlich ein Blitz den Himmel erleuchtete und ein reinigendes Gewitter ausbrach. Schlimm genug, wenn

Takeo dabei zum Opfer wurde – aber die Gemeinschaft musste gerettet werden. Vielleicht half ihm diese letzte Prüfung sein Ansehen wiederherzustellen . . .

TAKEO

Ich glaube nicht, dass die Klasse ihre Einstellung zu mir derart geändert hat, und dennoch fühle ich mich weniger allein, seitdem Masato mir im Waschraum seine Freundschaft gezeigt hat. Das habe ich nicht von ihm erwartet und bin deshalb umso glücklicher.
Vielleicht bin ich doch zu einer Freundschaft fähig? Ist seine Geste nicht der Beweis dafür, dass ich mir unsinnige Dinge eingeredet habe, wie meine Kusine meinte? Es bräuchte so wenig, um den Gang der Dinge zu ändern – nur eine Stimme, die einem Schiffbrüchigen wie mir zuruft: »Land in Sicht!«
All das sage ich mir und vergesse es doch sofort. Ich gehe unter . . . Masatos Geste ist nicht mehr als ein Balsam, der aber nicht ausreicht die Schmerzen einer Wunde zu lindern. Und wenn hinter seiner Warnung tatsächlich ein neuer Anschlag steckt? Wenn eine ganz fiese Sache vorbereitet wird?
Ich fühle mich immer weniger imstande Widerstand zu leisten, mich zu verteidigen . . .
In drei Monaten geht das Schuljahr zu Ende. Bis dahin muss ich durchhalten!

HIROSHI, DER LEHRER

Die Schüler wollten, dass ich eine Grabrede für Takeo schrieb, die dem Brauch gemäß während der Beerdigungsfeier gehalten werden sollte. Ich lehnte das ab, erklärte mich jedoch bereit einen Text von Kenzo durchzusehen. Darf ich zugeben, dass mir dies ein gewisses Vergnügen bereitete? Ich bin es gewöhnt, Schülern Zensuren zu geben und ihre Stärken und Schwächen zu beurteilen. Aber mit meiner Mitwirkung an diesem ungewöhnlichen Spiel schien ich Takeo aufzufordern, vor das Tribunal der Götter zu treten.

Einen großen Teil von Kenzos Text musste ich ändern. Gute Grammatikkenntnisse allein reichen eben nicht aus, um gute Reden zu schreiben.

Ich versuchte gerecht zu sein. Gewissenhaft wog ich Takeos Verdienste und Fehler gegeneinander ab. Er war mein bester Schüler, vielleicht der begabteste . . . und trotzdem musste er verurteilt werden. Jeden Satz der Grabrede las ich wieder und wieder mit mehr Sorgfalt als ein Mitglied des Obersten Gerichtshofs für die Ausarbeitung seiner Urteilsbegründung.

Meine Kollegen würden mich später dafür kritisieren, aber daran dachte ich in diesem Moment kaum. Ich tat nichts als meine berufliche Pflicht im Interesse der Schule, der ich seit zwanzig Jahren diene. Vielleicht beging ich einen Fehler, ich hätte wohl mit dem Direktor sprechen sollen. Er hätte mich beraten, mir vorgeschrieben, was ich tun sollte . . . und ich wäre seinen Weisungen gefolgt.

MASATO

Wie alle anderen hatte ich einen Eid geschworen. Trotzdem war ich nicht einverstanden damit. Ich fühlte, dass diese Sache mit einem Unglück enden würde.
Obwohl ich auf Takeos Seite stand, konnte ich ihm mein Mitgefühl nicht mehr zeigen, nicht einmal mit einem Lächeln. Yukio hatte gesagt: »Jetzt müssen wir dem Ganzen ein Ende bereiten. Entweder wir oder er.«
Ich hatte Angst . . .

HIROSHI, DER LEHRER

Mit einem gewissen Abstand verfolgte ich die von Yukio angekündigten Vorbereitungen für die Zeremonie.
Einige Schüler kauften weiße Blumen, andere schwarzen Trauerflor, wieder andere Räucherstäbchen und weiße Bänder für die Kokarden. Kenzo hatte ein Foto von Takeo vergrößern lassen und es selbst eingerahmt. Masato schrieb mit seiner schönsten Handschrift die von einigen Mitschülern verfassten Trauersprüche in Reinschrift auf Reispapierrollen. All diese Sachen wurden im Biologieschrank versteckt.
Takeo überraschte immer wieder Gruppen, die bei seinem Anblick in irres Gelächter ausbrachen, oder er bekam Bruchstücke von Gesprächen mit, die abbrachen, wenn er auftauchte. Er stellte auch Fragen, vor allem an Masato, aber genauso hätte er die Steine in einem Zen-Garten ansprechen können. Niemand durchschnitt das heilige Band der Gemeinschaft.
Am Morgen der Feierlichkeit hielten sich die Schüler nach dem Gymnastikunterricht nicht so lange in den Fluren auf wie gewöhnlich. Der Klassensprecher hatte mich gebeten Takeo unter einem Vorwand ins Lehrerzimmer zu schicken.
Das Klassenzimmer war schon am Vorabend nach dem Putzen ausgeschmückt worden. Die Schüler brauchten noch ein paar Minuten, um die Kerzen anzuzünden und sich mit ernsten Mienen auf ihre Plätze zu begeben. Als Takeo hereinkam, herrschte absolute Stille im Raum. Einige Minuten blieb er wie angewurzelt stehen, das Gesicht

zu einer Grimasse verzogen und die aufkommenden Tränen nur mühsam unterdrückend. Man konnte dreißig Lungen regelmäßig atmen und einige Sohlen auf den Fußbrettern der Bänke scharren hören.
Takeos Blick glitt über die braunen, zur Tafel gewandten Köpfe, verharrte kurz auf mir und wanderte weiter durch den Raum. Einen Augenblick lang war ich stolz auf seine Selbstbeherrschung: Er stand allein gegen alle und gab sich nicht geschlagen.
Die Schüler hatten sich selbst übertroffen. Die Tafel war vollständig mit weißen Blumen bekränzt und in der Mitte hing das große, mit Trauerflor umrahmte Foto. Lilien- und Chrysanthemensträuße lagen zwischen Weihbildern, die an den Wänden aufgestellt waren. Zwei Schüler hatten sich seitlich vom Porträt hingekniet und sagten *Sutras** auf, ein dritter schlug bedächtig einen Gong. Beutelchen mit reinigendem Salz[1] lagen auf den Pulten. Weihrauch stieg aus Räucherpfannen auf und blauer Rauch verbreitete sich in der Luft.
Ich hielt es für richtig, die Stille zu unterbrechen, und bat Takeo uns zu sagen, was er von dieser Veranstaltung zu seinen Ehren hielt. Ich dachte immer noch, dass dieser makabre Scherz die Geister bannen könnte. Aus Takeos Mund kam kein Wort. Er starrte auf das Foto und erinnerte sich vielleicht daran, unter welchen Umständen es aufgenommen worden war: Einen Tag nach dem Schulbeginn im Frühling war ein Fotograf gekommen. Die Schüler hatten sich im Pausenhof aufgestellt, die größten hinten,

[1] *Wenn die Trauergäste in Japan eine Trauerfeier verlassen, bekommen sie ein Söckchen mit reinigendem Salz, das sie zur Abwehr von Unheil auf der Schwelle ihres Hauses ausstreuen.*

die kleinsten vorn. Takeos Kopf war aus diesem Bild herausgetrennt worden, aber im Hintergrund sah man die Uniformen der zweiten Reihe. Auf dem Foto wirkte sein Gesicht viel kindlicher als heute, seine militärische Haltung passte kaum zu seinem zierlichen Körper, seinen frischen Wangen und leuchtenden Augen.
Vor dem Porträt waren die rituellen Opfergaben aufgehäuft, die von einer Mahlzeit aufgehoben worden waren: Reis, Fisch und Obst.
Dann stand Kenzo betont langsam auf und ging zu dem improvisierten Altar. Zu den Zuhörern gewandt, entfaltete er die Schriftrolle. Seine von mir überarbeitete Grabrede war den feierlichen Lobreden auf die in der Schlacht gefallenen großen Soldaten nachempfunden. Sie war eine gelungene Verhöhnung, deren geschickt ausgefeilte Sätze Takeos Leben als Schüler etwas Hochtrabendes verliehen. Jeder Satz schmerzte und zog die simplen Fakten seines Lebens ins Lächerliche: seine Geburt in Tokio als Sohn einer bürgerlichen Familie von mustergültiger Herkunft, die Grundschuljahre, der Eintritt ins Gymnasium, seine gute Mitarbeit in der Schule – aber auch seine Weigerung sich dem Gesetz der Gruppe zu unterwerfen.
Mit einer Handbewegung forderte ich Takeo auf vorzutreten. Er näherte sich dem Altar und drehte sich um. Jetzt sah er die ausdruckslosen Gesichter seiner Klassenkameraden, die als Zeichen der Trauer an die Brüste gehefteten weißen Kokarden und die durchdringenden Blicke, die ihn beobachteten. Als der erste Schock vorbei war, hörte er wie einer unter vielen Zuschauern zu, wie die Lobrede auf diesen Takeo Kimura weiterging, auf sein anderes Ich, das nicht mehr von dieser Welt war. Tränen traten in seine

Augen und sein Gesicht bekam einen sanften Ausdruck. Ja, es war wirklich so: Er wirkte glücklich, dass sich das Interesse der ganzen Klasse auf ihn konzentrierte.
Ohne darum gebeten werden zu müssen, ging er zu seinem Platz. Ich hatte allerdings den Eindruck, dass er beim Hinsetzen zögerte, als ob dieser Sitz ihm nicht mehr zukäme.
Dann las Yukio ein Gedicht vor, in dem es um Trennung, Verletzungen, erstarrte Augenlider und vergangenen Frühling ging. Ein kaltes Licht erhellte den Raum, es begann zu schneien. Das erwartete ich schon seit dem Morgen, denn die Kälte hatte nachgelassen und der tief hängende Himmel vermuten lassen, dass es bald schneien würde.
Ich sprach Takeo an, der zum Fenster hinausstarrte, als ob das, was in der Klasse geschah, ihn nichts anginge. Noch einmal fragte ich ihn, was er von dieser Feier hielt.
Seine Blässe beunruhigte mich. Ich war drauf und dran ihm zu sagen, dass alles doch nur ein Scherz sei. Intelligent wie er war, sollte er das bei einigem Nachdenken auch so sehen und mit den anderen darüber lachen können, nachdem die Überraschung vorbei war. Nach dieser Prüfung und wenn der Schock vorüber war, konnte doch alles wieder ganz normal werden.
»Sag etwas. Deine Klassenkameraden erwarten, dass du zu ihnen sprichst.«
Angsterfüllt schwieg er und schien sich im Geiste immer weiter von uns zu entfernen. Mir kam ein Gedicht in den Sinn, das er einmal der Klasse vorgelesen hatte, und ich hörte es wie von seiner Stimme gesprochen:

Die Toten sprechen nicht, sie haben andere Mittel, sich an uns zu wenden, ihre Gegenwart spüren zu lassen . . . Die Farben der Blumen sind unter dem Schnee verborgen, man kann sie nicht sehen, aber ihr Duft lässt erkennen, dass sie da sind!

Ich unterband das Raunen, das von Pult zu Pult zu laufen begann. Die Kerzen wurden ausgeblasen, die schwarzen Trauergirlanden und das Bild entfernt. Alle waren bedrückt, niemand wusste, wie die Zeremonie zum Abschluss kommen sollte. Takeo wagte nicht die anderen Jungen anzusehen. Wie angenagelt blieb er auf seiner Bank sitzen, so wie damals seine Eidechse auf dem Brett. Diesmal war er wirklich ausgeschlossen. Für immer . . .

Im Hintergrund spielte Yukio zerstreut mit seiner weißen Kokarde, die er vom Revers abgenommen hatte. Ich kenne Yukio genau: Er muss andere beherrschen, um sich selbst zu bestätigen. Der geringste Widerstand weckt Selbstzweifel in ihm und macht ihn aggressiv. Dennoch ist er kein schlechter Kerl und ich ahnte, was sich in ihm abspielte. Die Zeremonie, die all seine Anhänger mobilisiert hatte, hinterließ in ihm einen bitteren Nachgeschmack. Das war kein Spiel mehr, wie er geglaubt hatte. Hier war einer begraben worden, der ein Freund hätte sein können – Takeo.

Draußen schneite es ununterbrochen. Ich wollte mit dem Unterricht beginnen und bat die Schüler um Aufmerksamkeit.

Takeo stand daraufhin mit einem Ruck auf und ging aus dem Klassenzimmer, ohne ein Wort zu sagen.

YUKIO

Den ganzen Morgen über dachte ich unaufhörlich an Takeo. Manchmal glaubte ich, alles sei nur ein Alptraum gewesen und in Wirklichkeit wäre nichts geschehen. Die monotone Stimme des Lehrers war so langweilig wie immer und die Schultern der Schüler vor mir ließen keine innere Unruhe erkennen. Und dennoch, da hingen noch immer die weißen Blumen, die wir nicht abgenommen hatten. Wie störende Zeugen baumelten sie traurig an der Wand. Während der Pause merkte ich, dass einige Schüler mir Vorwürfe machen wollten. Ich erstickte jede Kritik im Keim. Takeo hatte die Lektion erhalten, die er verdiente, und wir waren die Sieger. Niemand widersprach. Wir bauten einen Schneemann und jemand nannte ihn Takeo. Wir bombardierten ihn mit Schneebällen, bis er nur noch aus kleinen Eisstücken bestand.

HERR FUJIMA, DER DIREKTOR

Gegen zehn Uhr erfuhr ich, dass man Takeo ohnmächtig im Waschraum gefunden hatte. Ich ließ ihn zu Frau Netzu ins Krankenzimmer bringen. Er schien einen Schock erlitten zu haben und nicht zu wissen, was ihm zugestoßen war.

Um den Klassenlehrer nicht im Unterricht zu stören, wartete ich mit meinen Nachforschungen bis zum Mittag, benachrichtigte aber seine Mutter, die ihn abholen kam.

Als sie ihren völlig entkräfteten Sohn sah, schreckte die junge Frau zurück und wurde mit einem Schlag leichenblass. Sie kniete sich neben ihm auf den Boden und sprach leise zu ihm. Ich entfernte mich taktvoll, aber sie folgte mir und bestürmte mich mit Fragen. Sie beklagte sich über die schlechte Behandlung, der ihr Sohn seit Monaten ausgesetzt sei, und über ein Komplott gegen ihn, an dem sich auch der Lehrer beteiligt habe.

Ich war völlig überrascht und ließ sie reden. Kann man mit einer Frau vernünftig sprechen, die kurz vor einem Nervenzusammenbruch steht? Ich versicherte ihr, dass man alles untersuchen werde. Doch jetzt solle sie erst mal ihren Sohn nach Hause mitnehmen.

Ein Taxi wurde gerufen, bezahlt und sie fuhren ab. Als er an mir vorbeiging, senkte Takeo den Kopf. Wohlwollend nahm ich das als Zeichen dafür, dass er sich für die Unannehmlichkeiten entschuldigte, die er mir bereitet hatte.

TAKEO

Während der Zeremonie fühlte ich mich wie in einem Traum. Wie ein Strom trugen mich wogende Gedanken unabwendbar hin ins Greisenalter. Ich dachte an Großmutter, die sich unbekümmert darüber gefreut hatte, Erinnerungen verloren zu haben. Zum ersten Mal stellte ich mir vor, dass es nichts Besseres geben könnte, als die Welt in Schönheit zu verlassen, so wie der Schauspieler im No-Theater schleichenden Schrittes von der Bühne geht, seinen schillernden Kimono hinter sich her ziehend.
Was danach geschah, weiß ich nicht mehr. All die leeren Blicke um mich herum machten mich schwindlig. So schnell ich konnte, floh ich aus der Klasse. Der Flur schwankte unter meinen Füßen wie in den schrecklichen Momenten eines Erdbebens, an die man sich nie gewöhnt. Als ich in den Waschraum kam, muss ich das Bewusstsein verloren haben. Der Kontrast zwischen dem enormen Druck, unter dem ich in der Klasse gestanden hatte, und der Erleichterung, wieder allein zu sein, war zu stark. Als ich wieder zu Bewusstsein kam, hatte ich den Eindruck vor mich hin zu treiben. Ich war an einem Ort, an dem es keine Ungerechtigkeit, keine Missgunst und keinen Hass gab. Dort konnte ich weiterleben und war nicht das kranke Glied eines gesunden Körpers, sondern ein ganzes Wesen, das von den anderen als solches anerkannt wurde.
Ich erinnerte mich an meine Ängste aus der Zeit, da ich noch klein war. Damals hatten meine Mutter und meine Großmutter mir vom *Shinto**-Jenseits erzählt, diesem Land des Schattens, in dem verschwundene Kinder im

Dunkeln Türme aus Steinen bauen müssen, um zum Himmel emporzusteigen. Lange Zeit hatte mich der Gedanke an die Reise der Geister über den *Sai-no-kaware-Fluss** erzittern lassen. Ich fürchtete mich vor dem unbarmherzigen Teufel Sozuba Nobaba, der die nackten Kinder in Schwindel erregenden Höhen auf die Turmspitzen setzt, und vor Jizo, der sie mit Blättern bekleidet und dessen Finger ich mir wie Krallen vorstellte. Manchmal wachte ich nachts beim geringsten Geräusch auf und glaubte, dass diese fürchterlichen Wesen durch die Mauern hereingekommen waren und mich plagen wollten. Doch so beängstigend mir die Geisterwelt damals beschrieben wurde, sie schreckt mich jetzt nicht mehr. Bin ich überhaupt noch am Leben?
Ich erkenne das Gesicht meiner Mutter, die sich über mich beugt. Ich weiß, dass sie mich zur Erde zurückbringen will. Doch davor habe ich mehr Angst als vor allem anderen.

EMIKO

Im Taxi wechselten wir kein Wort. Zu Hause schlug ich meinem Sohn vor ein heißes Bad zu nehmen. Er stimmte ohne Widerrede zu und wirkte entspannt, als er aus dem Badezimmer kam. Ich hatte eine Fischsuppe gekocht, aber er saß vor seinem Teller und rührte sie nicht an.

Takeo war schon viel geplagt, schikaniert und geschlagen worden, aber niemals hatte ich einen so ernsten und resignierten Ausdruck an ihm gesehen. Ich fühlte, dass er tief verletzt war.

Wie gewöhnlich kam mein Mann müde nach Hause und wollte sich nur noch ausruhen, ein paar Häppchen essen und Ruhe haben. Ich erzählte ihm, was geschehen war, wobei ich mich entschuldigte, dass ich ihn ungeachtet seiner beruflichen Sorgen mit Familienproblemen belasten müsse. Ohne das geringste Zeichen von Überraschung oder Empörung hörte er mir zu. Er fuhr nur hoch, als ich den Vorschlag des Direktors erwähnte, die Schule zu wechseln. Ich ahnte, dass zwei Dinge ihn verdrossen: Erstens hatten wir dem Schuldirektor Unannehmlichkeiten bereitet und zweitens hatte dieser einen Vorschlag geäußert, der ihm nicht passte. Er ging sich ein wenig ausruhen.

Als er wieder zu uns kam, war sein Gesicht wie versteinert. Er fragte nach seinem Tee, den ich vergessen hatte ihm zu bringen. Beim Teetrinken zählte er die Nachteile auf, die der Übertritt in ein anderes Gymnasium mit sich bringen würde: all die Schritte, die man dazu würde unternehmen müssen, das Risiko eines deutlich längeren Schulwegs ...

Und wie sollte man der Familie den Schulwechsel erklären? Welche Gründe den Freunden nennen? Würde Takeo diese Kapitulation nicht wie eine Bürde mit sich schleppen?
Takeos Zustand beunruhigte ihn überhaupt nicht. Einen schlechten Streich könne man genauso vergessen wie alles andere, meinte er. Was ihn beschäftige, sei die Zukunft.
Ich ließ mich leicht von seinen Argumenten überzeugen und überraschenderweise schien auch unser Sohn einer Meinung mit uns zu sein. Er würde also nicht die Schule wechseln. Ich dachte bei mir: »Er ist noch ein Kind. Seine Kümmernisse und momentanen Beschlüsse belasten ihn nicht nachhaltig. Als er aus der Klasse lief, wollte er niemals mehr dorthin zurückkehren. Jetzt will er dem Druck der anderen schon nicht mehr nachgeben und nicht um das Recht betteln, seinen Platz unter den Mitschülern wieder einzunehmen, die früher oder später einsehen werden, dass sie ihn wie einen räudigen Hund gejagt haben . . .«
Er bat zu Bett gehen zu dürfen. Die Medizin, die man ihm im Krankenzimmer gegeben hatte, beruhigte ihn und machte ihn schläfrig. Ich fragte: »Du bist also damit einverstanden, morgen früh wieder zur Schule zu gehen?«
»Ja.«
»Das ist gut so. Du hast mehr Mut, als ich dachte; du bist würdig mein Sohn zu sein!«
Immer wieder dieselben Bemerkungen meines Mannes, gebetsmühlenartig wiederholt, ohne Rücksicht auf die jeweiligen Umstände. War er überhaupt ein Mensch oder nur ein Roboter?
Takeo verbeugte sich zum Verabschieden tiefer als sonst, wie ich mich später entsann, und ging in sein Zimmer.

Mein Mann und ich erörterten während des anschließenden Abendessens weiter, was zu tun sei: Sollte man noch einmal zu den Eltern von Yukio gehen und sich über diesen makabren Scherz beschweren? Oder aber den Lehrer mit allem Ernst fragen, warum er diese wahnwitzige Zeremonie erlaubt hatte? War es nicht besser sich einzugestehen, dass Takeos Situation nicht zu ändern war, schon gar nicht durch irgendwelche Beschwerden?
Mein Mann entschied sich dafür, den Direktor des Gymnasiums aufzusuchen und den Lehrer dazukommen zu lassen. Er würde nicht schon einen Termin für den nächsten Tag verlangen – das könnte überstürzt aussehen –, wohl aber für den kommenden Samstag.
Bis dahin sollte Takeo wieder zum Unterricht gehen, das war seine Pflicht und sein Recht. Außerdem stand die Ehre unserer Familie auf dem Spiel.
Ich fühlte mich erleichtert. Noch konnte sich alles wieder einrenken. In der vertrauten Umgebung unseres Heims ließ die Erschütterung nach, die mich im Büro des Direktors überwältigt hatte. Ich wiegte mich in Illusionen: Takeo mache nur eine Prüfung durch, aus der er gestählt hervorgehen und in eine bessere Zukunft gelangen würde.
Mein Mann schaltete den Fernseher an. Im achten Programm hatte schon längst der Kulturreport begonnen. Zum ersten Mal hatte ich das vergessen.

TAKEO

Wie ein Ertrinkender, der versinkt, habe ich mich in den Schlaf fallen lassen. Beim Aufwachen sehe ich das erste Tageslicht auf der gegenüberliegenden Hausmauer. Ich drehe mich auf dem Futon um und schalte die Lampe ein. Der Schmerz in meiner Brust ruft die Erinnerung an die Ereignisse des Vortages ins Gedächtnis zurück. Ich habe tief und traumlos geschlafen und erst jetzt entstehen vor meinem geistigen Auge Bilder, die mir wie ein Traum vorkommen – sie reichen bis in die Zeit zurück, in der ich ein neues und wunderbares Spielzeug in den Händen meiner Eltern war, ein Samenkorn, das sie in ihren Garten gepflanzt hatten und von dem sie erwarteten, dass es wachsen und zu einem Früchte tragenden Baum würde.
Die Wanduhr im Esszimmer schlägt sechs. Der Wecker meines Vaters summt wie ein dickes Insekt. Während im Badezimmer das Wasser rauscht, gleiten Mutters Hausschuhe auf den *Tatamis** im Zimmer, der Ofen wird eingeschaltet und das Radio bringt die ersten Morgennachrichten. Ich horche auf die Schritte meiner Mutter, die genauso rücksichtsvoll ist wie Vater unhöflich.
Die anderen aus meiner Klasse stehen jetzt auf und machen sich für die Schule fertig. Eigentlich sind sie nicht anders als ich: Sie dürfen zu Hause Jungen sein, die sich um ihre Brüder und Schwestern kümmern, die zum Laden laufen und einkaufen, was in der Küche gebraucht wird, und die ihre Eltern abends vor dem Schlafengehen ehrfürchtig grüßen. Man kann sich kaum vorstellen, dass sie sich in der Gruppe so sehr verändern.

Das Wasser rauscht nicht mehr. Auf die Nachrichten folgt die Stimme eines Sängers. Ich erkenne Takaraschi, der bei Mädchen so beliebt ist; Tetsuko schwärmt für ihn. Ich stelle mir vor, wie sie in einem eisblauen Kimono tanzt. Dann verschwindet das Bild und lässt mich ratlos allein zurück. Ich versuche mir vorzustellen, wie es heute früh in der Klasse zugeht. Der Lehrer verlangt mit ein paar Worten Ordnung und Disziplin. Vielleicht rügt er mich, weil ich den Unterricht ohne seine Erlaubnis verlassen habe. Er warnt alle davor, an eine Fortsetzung dessen zu denken, was nur ein Spiel sein sollte. Damit ist das Thema für ihn abgeschlossen. Er weist darauf hin, dass das letzte Trimester begonnen hat und es an der Zeit ist, sich auf die Arbeit zu konzentrieren. Er klatscht in die Hände, verkündet das Tagesprogramm, schlägt sein Buch auf . . .

Ich denke an meine Eidechse und überlege, ob sie nicht noch am Leben wäre, wenn sie in Freiheit geblieben und nicht hinter Käfigstangen gefangen gewesen wäre. Mit ihren Krallen hätte sie sich verteidigen, leichtfüßig weglaufen und im Wald ein Versteck vor ihren Feinden finden können.

Vaters Stimme erinnert mich daran, dass es Zeit zum Aufstehen ist. Aber ich kann mich nicht aufraffen und bleibe liegen, die Augen an die Decke gerichtet. Ich überlasse mich der Erinnerung an die schöne Natur: Chuzenji! Meine Versprechen von gestern Abend fühle ich dahinschmelzen wie Schnee in der Sonne.

Ich werde nicht zur Schule gehen, denn die Klasse hat mich endgültig ausgeschlossen. Auch in ein anderes Gymnasium gehe ich nicht: dort würde ich ein Fremder bleiben, den niemand mag. Ich werde weggehen, weit weg, denn hier hat jeder seinen Platz: Vater in seiner Firma, Mutter zu Hause, um ihn zu bedienen, meine Klassenkameraden im Unterrichtsraum oder auf dem Sportplatz – jeder, nur ich nicht. Kurz nach dem Zwischenfall in Harajuku habe ich Yukio gefragt: »Warum kannst du mich nicht leiden? Was habe ich dir getan? Ich war dein Freund.«

Er hatte eine Grimasse gezogen und sah so aus wie eine *Kabuki**-Maske, die das Böse in der Öffentlichkeit zeigt: »Mein Freund? Du armer Irrer!«

»Du bist jedermanns Freund.«

»Ich bin nicht jedermanns Freund, ich bin der Anführer. Wer mein Freund wird, entscheide ich selber. Mit welchem Recht hast du an meiner statt entschieden?«

Das klingt absurd, aber genau so war es.

»Steh auf, du wirst zu spät kommen!«

Die Tür geht auf und Emiko kommt mit einem warmen Tuch in der Hand herein. Ihre Haare sind ungekämmt, sie sieht müde aus und ihr Lächeln wirkt gekünstelt. Ich bin sicher, dass sie schlecht geschlafen hat. Mit einem Seufzer sagt sie:

»Geht's dir heute früh wieder besser?«

»Ja, es geht.«

»Das Wetter ist schön, ich habe dein Frühstück zubereitet. Vergiss nicht die Vitamine.«

Ich bin glücklich festzustellen, dass Mutter sich um mich sorgt. Die Vorstellung, dass jemand meinetwegen leiden kann, vermindert meine Bedrückung. Auf diesem Weg bin ich mit den Menschen verbunden und nicht ganz in Vergessenheit und Einsamkeit geraten. So habe auch ich teil an dem, was es in dieser ungerechten Welt an Brüderlichkeit gibt.

Vielleicht würde Yukio leiden und Gewissensbisse bekommen, wenn mir ein Unglück zustieße, denke ich.
Ich drücke mein Gesicht in das warme Tuch, das Mutter mir hinhält, stehe auf und setze mich an den Frühstückstisch. Vater hat schon Kaffee getrunken und seine Cornflakes verschlungen, eine angelsächsische Sitte, die sich seine Kollegen im Büro angewöhnt haben und die seiner Lebensart entspricht.
Sonntags isst er allerdings immer unsere traditionelle Suppe. Das ist neben der Ahnenverehrung und den Jahreszeitenfeiern die letzte Bastion, die er gegen die modernen Trends aus dem Westen aufrechterhält. Er zieht seinen Mantel an und geht an mir vorbei. Wie jeden Morgen wirft er vor dem Verlassen des Hauses einen Blick in den Spiegel, um sicherzugehen, dass er so aussieht, wie es einem Direktor seiner Ansicht nach gebührt.
»Ich wünsche dir einen guten Tag. Nur Mut! Vergiss nicht, dass man keine Klasse wiederholen darf und dass letzten Endes das Wichtigste ist, ein Mann zu werden.«
In dieser Minute sage ich mir, dass ich kein Mann bin und auch niemals einer sein werde. Immer wurde mir eingeredet, dass das Leben eine Kletterpartie ist und jede Anstrengung zum Gipfel führt. Ich brachte alle von mir verlangte Energie auf, aber die anderen haben meinen Weg versperrt. Warum, weiß ich nicht. Vielleicht werde ich deshalb niemals all die mir noch unbekannten Dinge in dieser Welt kennen lernen: Aber wenn es nur die sind, mit denen mein Vater sich begnügt, werde ich diesen Verlust nicht bedauern!
Bei Vaters Weggehen knallt die Tür zu wie bei einer Explosion und lässt Mutter zusammenzucken. Seit gestern

sind ihre Nerven überstrapaziert, weil sie den Wunsch verdrängt, mich zu trösten. Sie hat Angst, Vater wäre damit nicht einverstanden. Wenn ich ihr doch so offen begegnen könnte wie einer guten Freundin! Aber er hat ihr sicher befohlen kein Mitleid zu zeigen und es kommt ihr nicht in den Sinn, gegen den Willen des Meisters zu handeln. Sie beschränkt sich darauf, wie gewöhnlich meine Schulmahlzeit zuzubereiten, und kümmert sich dann um den Haushalt.
Schnell packe ich meine Klassenfotos und Glückwunschkarten zusammen und binde mir meine Armbanduhr um. Ich leere meine Sparbüchse. Sie hat die Form einer Katze. Eine ihrer Pfoten ist auf die Höhe der Ohren angehoben, als wolle sie mir Adieu sagen. Seit ich meinen eigenen Entschluss gefasst habe – zum ersten Mal in meinem bis dahin durch andere geregelten und auf andere ausgerichteten Leben –, bin ich ungewöhnlich ruhig.
Mutter sieht, dass ich fertig bin, und packt fürs zweite Frühstück ein Tütchen Kuchen in meine Mappe. Im Supermarkt muss sie viel dafür bezahlt haben. Sie wundert sich, dass ich die gefütterte Jacke und die Mütze mit den Ohrenklappen von der Garderobe nehme: »Das wird zu warm sein, die Uniformjacke reicht doch aus. Sieh, wie schön die Sonne scheint!«
Es ist tatsächlich einer der schönen Tage, wie es sie im Winter in Tokio gibt, bevor der Frühlingsregen einsetzt.
»Du hast Recht, sie wird ausreichen.«
»Wann kommst du wieder?«
Ich zögere, will sie nicht belügen: »Der Unterricht hört auf wie immer, du kennst doch meinen Stundenplan.«
Ich weiß nicht, was aus diesem Tag werden wird, der so

ganz normal beginnt. Seitdem ich die Augen aufgeschlagen habe, verhalte ich mich so wie gestern, so wie jeden Tag. Ich greife mit der Hand nach der Türklinke und frage mich, ob ich nicht letzten Endes doch zur Schule gehen soll, um der Gruppe die Stirn zu bieten, Yukio außer Fassung und Herrn Hiroshi in Schwierigkeiten zu bringen.
Gewöhnlich setzt Mutter ihre Hausarbeiten fort, wenn sie sieht, dass ich fertig bin, und wartet nicht, bis ich gehe. Aber heute Morgen bleibt sie und sieht mich an. Sie hat Ringe unter den Augen und zwei bläulich gefärbte Flecken auf den Wangen. So wie sie in ihrem abgetragenen rosa Pullover vor mir steht, die Haare mit einer dicken, roten Plastikklammer über dem Kopf zusammengehalten, kommt sie mir schöner vor als jede andere Frau. Wieder bin ich meinem Vater böse, weil er sie nur wie ein nützliches und notwendiges Objekt behandelt. Wut steigt bei der Vorstellung in mir auf, sie ihm allein und ohne meine Unterstützung zu überlassen, wenn ich weggehe. Ich mache einen Schritt auf sie zu in der Hoffnung, dass sie mich in ihre Arme schließen und an sich drücken möge. Ich möchte meinen Kopf auf ihre Schultern legen, den Duft von Milchseife einatmen wie früher, als ich sie noch streicheln durfte. Aber sie beugt sich mit einem gezwungenen Lächeln beiseite. Ich weiß, dass ich sie zum letzten Mal sehe. Die Tür fällt hinter mir zu wie vorhin hinter meinem Vater und ich laufe die Treppe hinunter.
Auf der Straße ist es so wie jeden Tag, die Leute hasten zur U-Bahn oder zum Bus, in den Geschäften werden die Rollläden hochgezogen. Der Gedanke an Mutter verfolgt mich noch, aber ich bin frei, bin Herr meines Schicksals. Im Geist überschlage ich, wie viel Geld ich habe. Neujahr

hat meine Sparbüchse mit einem Schlag wieder aufgefüllt. Ich könnte vieles unternehmen – aber was? Wohin soll ich gehen? Der Himmel ist klar, das Wetter ist ideal zum Spazierengehen, Schaufensteransehen oder zum Tanzen in Harajuku. Das Gefühl von Freiheit macht mich trunken. Mit der U-Bahn fahre ich nach Shinjuku. Schweigsame Fußgänger überqueren zu Kolonnen zusammengedrückt die Straßen: Automaten mit Augen, die auf die Ampeln starren. Ich fliehe in einen öffentlichen Park, in dem kleine Kinder spielen. Ihre in graue Kimonos gekleideten Großmütter passen auf sie auf. Meine Mappe lege ich auf eine Bank, klettere an einem Seil auf eine Schaukel und schwinge hin und her. Von Zeit zu Zeit verstärke ich mit dem Absatz meinen Schwung. Ein Polizist geht vorbei und betrachtet erstaunt den Schüler, der jetzt nicht im Unterricht ist, sondern sich bei kleinen Kindern in einer öffentlichen Anlage herumtreibt. Aus Furcht, von ihm angehalten zu werden, gehe ich fort. Jetzt dürften alle Schüler in der Klasse sein. Heute wird die Japanischarbeit zurückgegeben, für die ich so viel gearbeitet habe. Welche Note ich wohl bekommen habe?
Wenn er meinen leeren Platz sieht, wird sich Herr Hiroshi vermutlich Fragen stellen, aber er wird sicher nicht sofort meine Eltern benachrichtigen. Er hat gesehen, wie schlecht es mir gestern ging. Bestimmt glaubt er, ich sei zu Hause und würde von meiner Mutter verwöhnt. Oder aber ich würde zusammen mit meinem Vater nach einem anderen Gymnasium suchen, um mich dort anzumelden. Ich kenne ihn gut genug, um zu wissen, dass er zunächst froh ist, mich nicht wie eine stumme Anklage vor sich zu sehen. Später wird sich das ändern ...

Plötzlich fällt mir ein, dass ich gerade den Pünktlichkeitspreis verspiele. Diese begehrte Auszeichnung wird am Ende der Schulzeit Schülern verliehen, die niemals, nicht ein einziges Mal, eine Unterrichtsstunde versäumt haben. Zur traditionellen Preisverleihung kamen wir alle in der Aula zusammen und die Schüler der letzten Klasse betraten der Reihe nach das Podium, bevor sie das Gymnasium für immer verließen. Zum Dank verneigten sie sich vor dem Direktor bis auf die Erde. Bei der Verkündung des Pünktlichkeitspreises wurde dann jedes Jahr der größte Beifall gespendet. Ich hatte mir schon frühzeitig fest vorgenommen mir diesen Preis zu verdienen. Nachts habe ich oft davon geträumt, wie meine Schulkameraden mir applaudierten. Jetzt schwindet mein Traum dahin und ich empfinde eine sinnlose Enttäuschung . . . Einen Augenblick verharre ich in der Betrachtung eines Kindes, das auf einem Sandhaufen spielt.

Ich mache mir ein Programm für den heutigen Tag. Mit der mir ungewohnten Freiheit, die mich verwirrt, weiß ich nichts anzufangen. Die Zeit kommt mir unendlich vor, unfassbar wie der Himmel über mir, an dem der Wind leichte Wolken vor sich hertreibt. Sie kommen aus dem Norden, aus Chuzenji, sie haben sich im Wasser des Sees gespiegelt, vielleicht hat Tetsuko sie dahinziehen sehen . . . Eins ist sicher: Ich werde Tokio verlassen und weit, sehr weit von hier weggehen. Im Geiste sehe ich die verschiedenen, mir aus Dokumentarfilmen und Büchern vertrauten Provinzen: die Insel Kyushu mit ihren Obstbäumen und Stränden, an denen die ersten Portugiesen landeten, den hohen Norden von *Hokkaïdo** in der Nähe der eisigen sibirischen Wüsten, die rauhen Gebirge im Lan-

desinnern, Königreich der Affen und Bären. Es ist eine lange Rundreise voller Krümmungen, die sich in meinem mit Geschichte und Geographie voll gestopften Schülerhirn ineinander verwickeln.
Ich kehre wieder in den ruhigen, sonnigen Park zurück. Was soll ich jetzt machen? Nach Chuzenji fahren. Wenn ich dort bin, rufe ich Tetsuko an, nicht früher. Nicht ihretwegen bin ich vorsichtig. Wenn aber meine Tante am Telefon ist, dann benachrichtigt sie bestimmt sofort meine Eltern ...
Das Herz wird mir schwer bei der Erinnerung an die gestrigen Ereignisse. Diese Traurigkeit muss ich abschütteln, denn sie könnte meinen freien Willen beeinträchtigen und meine Entschlüsse untergraben. Ich beschließe, den heutigen Tag wie einen Ferientag zu verbringen. Mein zweites Frühstück verschlinge ich mit Appetit, denn außer der Tasse Tee habe ich heute früh noch nichts zu mir genommen. Die leere, nun nutzlose Büchse werfe ich weg, dann mache ich mich auf den Weg.
Ich habe selten Gelegenheit, um diese Zeit durch die Straßen zu gehen, zumal an einem Werktag. So entdecke ich ein anderes Tokio: das der Lieferanten, der Frauen auf dem Weg zu ihren Besorgungen in den Supermärkten, der älteren Leute, die nur deshalb spazieren gehen, damit sie einen Sonnenstrahl erwischen und dem Leben um sich herum zusehen können. Es ist ein Tokio ohne die Flut von Jungen und Mädchen in Uniform wie mich, die die Straßen morgens früh und nachmittags zwischen drei und vier Uhr überschwemmen.
Meine Schritte führen mich fast unfreiwillig in die Gegend, in der mein Vater arbeitet. Einmal begleitete ich ihn bis zu

seinem Büro und ließ ihn vor den Aufzügen wieder allein. Das Gebäude der Firma Shamanuchi ist schwarz und glänzt wie lackiert. Man kann sich leicht vorstellen, wie in den Sälen hinter den Fenstern aus Sonnenschutzglas Sekretärinnen über ihre Schreibmaschinen gebeugt an Tischen arbeiten, die von kleinen Lampen erhellt werden. Vater sagte mir, dass die Büros der Direktoren in den zwei obersten Stockwerken liegen. Ich dachte bei mir, dass dies das Vorzimmer zu den geheimnisvollen Orten sei, an denen Götter, Kriegshelden, berühmte Persönlichkeiten des Kaiserreichs und unsere Ahnen leben.

Dort oben thront mein Vater in einem Büro mit grünen Pflanzen, das mir von Fotos bekannt ist. Wenn er zu dem Fenster geht, das der Hauptstraße zugewandt ist, sieht er dann seinen Jungen in der schwarzen Uniform mit der Schulmappe auf dem Rücken? Erkennt er mich in der anonymen Masse der Fußgänger? Aber er ist bestimmt damit beschäftigt, zu telefonieren oder eine Akte durchzuarbeiten. Ob er überhaupt jemals ans Fenster tritt?

Plötzlich reizt es mich, in den Aufzug zu springen, nach ganz oben zu fahren und ihm zu schildern, wie anders als das seine in meinen Augen das Leben eines Mannes aussehen sollte. Ich würde mit ihm über Mutter sprechen ... Vielleicht weiß er, warum meine Klassenkameraden mich ablehnen, mich, der sich doch eigentlich unter den Jungen seines Alters wohl fühlt, und warum ich anders sein soll als sie?

Jetzt, da ich alle Taue über Bord geworfen habe, halte ich alles für möglich, sogar einen Vater, mit dem ich sprechen könnte und der mir zuhören würde.

Ich überquere die Hauptstraße, betrete die Eingangshalle

und bringe einen Augenblick damit zu, den Aufzugstüren zuzusehen, die sich geräuschlos öffnen und schließen. Sie sind vollkommen dicht und lassen nicht den kleinsten Zwischenraum, in den man etwas anderes einschieben könnte als die kalte Leistungskraft der großen Firma Shamanuchi. Der goldene Knopf, der über der Wand aus poliertem Marmor und unter einer sich ständig ein- und ausschaltenden Leuchttafel angebracht ist, symbolisiert ihre Allmacht.

Einem Wachmann mit einem Helm ist mein eigenartiges Verhalten aufgefallen und er fragt mich, ob ich jemanden suche. Ich murmle ein paar Worte und gehe weg – er hat den Zauber gebrochen. Mir ist, als sei der Faden meines Mutes abgerissen und nichts bleibe übrig als meine Verwirrung und das Gefühl der Verlassenheit. Fast überfährt mich ein Auto, als ich wieder über die Straße gehe. Das wäre etwas gewesen, unter den Fenstern meines Vaters zermalmt zu werden!

Wieder denke ich an Chuzenji, an Kälte und Schnee, wovon Tetsuko mir so oft erzählt hat. Ich beschließe eine gefütterte Jacke zu kaufen, weil ich meine eigene zu Hause lassen musste. Bisher ging meine Mutter immer mit mir zusammen einkaufen, wenn es sich um etwas handelte, was sie für wichtig hielt. Sie fragte mich zwar jedes Mal nach meiner Meinung, brachte mich dann aber dazu, das auszuwählen, was ihr am besten gefiel.

Jetzt kaufe ich zum ersten Mal etwas, was mir zusagt. Sie hätte mir bestimmt davon abgeraten, denn es ist mit Ornamenten aus Kunstleder und auffälligen Metallknöpfen verziert. In einer Buchhandlung erstehe ich noch ein Buch und zwei Comics als Reiselektüre, dann bummele ich durch Hi-Fi-Läden, in denen die Kunden sich mit Tönen, bunten Plakaten und Werbeslogans voll dröhnen lassen, ehe sie ihre Wahl treffen. Bildschirme, auf denen endlos immer wieder das Gesicht desselben Ansagers gezeigt wird, kreisen mich ein, ersticken mich wie die Gruppe, der ich gerade entflohen bin.

Ich beeile mich schnell fortzukommen, um mich unter Menschen zu verlieren, die mich nicht kennen und mir nichts Böses wollen.

So ziellos bin ich noch nie herumgestrichen. Die Straßen kamen mir immer vertraut vor, da sie mich von einem bekannten Ort zum anderen führten, von einer Aktivität zur nächsten: zur Schule, ins Schwimmbad, nach Hause, in den Tempel oder in die Museen, die wir in Gruppen besichtigten. Ich saß in einem Zug, der niemals sein Gleis wechselte, zu festgesetzten Zeiten abfuhr und ankam und der bei jedem Halt auf das Signal des Bahnhofsvorstehers wartete.

Die Blicke der Passanten kommen mir ausdruckslos vor, die Geschäfte reizlos. Was ich brauche, habe ich jetzt gekauft. Ich stelle fest, dass mein Geld in kurzer Zeit sehr viel weniger geworden ist. Aber ist das wichtig? Wie ein Blatt im Wind lasse ich mich treiben, habe weder Vergangenheit noch Zukunft.

Bald werden die Schulen schließen. Ich bekomme Angst, etwa einem Klassenkameraden zu begegnen. Das Gymnasium ist zwar weit entfernt, aber meine Angst ist dennoch groß. Ich verstecke mich in einem Tempel, den man an seinen Kronen aus Papierblumen erkennt. Eine alte Frau schüttet ihr Portmonee über dem Opferstock aus, faltet die Hände und versinkt in Andacht. Am ersten Januar hatte

mich dieselbe Inbrunst ergriffen. Aber die Götter erhörten meine Bitte nicht. Ich habe sie umsonst angefleht und mein Opfer diente nur dazu, den Hohenpriester zu bereichern.
Aus Gewohnheit werfe ich eine 100-Yen-Münze in die Büchse, aber aus meinem Herzen steigt kein Gebet mehr auf. Von einem Amulettenhändler kaufe ich ein *Omijuki** und hoffe darin eine Antwort auf meine Frage zu finden. Das Orakel spricht von einem durchsichtigen Spiegel, duftenden Blütenblättern und Heiterkeit. Damit kann ich nichts anfangen. Ich zerknittere das Blatt und hänge es an einen Kirschbaumzweig, so wie ich es Mutter tun sah, wenn sie mit einer Antwort des Himmels nicht zufrieden war.
Langsam verglühen die Weihrauchstäbchen am Fuß des Altars. Um ihren Duft einzuatmen, beuge ich mich darüber. Meine Augen brennen, ich muss eine Träne wegwischen. Wie ein Tier auf der Suche nach einem Unterschlupf habe ich mich in dem Tempel verborgen. Nun fürchte ich erkannt zu werden, wenn ich wieder auf die Straße komme. Ich könnte nicht mit der Schande weiterleben, von zwei Polizisten nach Hause oder zur Schule gebracht worden zu sein: auf schnellstem Weg muss ich Tokio verlassen und so weit weggehen wie möglich.
Mit der U-Bahn komme ich zum Bahnhof, einmal muss ich umsteigen. Die Wagen sind gerammelt voll, Bahnbeamte müssen die Fahrgäste hineinschieben, damit die Türen überhaupt zugehen. Meine Schulmappe klemme ich zwischen die Füße. Um mich herum sehe ich lauter stumpfe Gesichter. Schulter an Schulter zusammengedrängt, wechseln die Menschen kein einziges Wort miteinander, es sei denn, um sich zu entschuldigen, wenn sie unbeab-

sichtigt jemanden gestoßen haben. Alle wirken müde und lebensüberdrüssig.
Mit einem jungen Mädchen wechsele ich einen Blick. Ihre zusammengebundenen Haare erinnern mich an Tetsuko. Ein Mann in einem Marinemantel beobachtet mich. Vielleicht ist er ein Mieter aus unserem Haus oder ein Geschäftsmann aus unserer Straße? Ich bekomme weiche Knie, denn wenn das so ist, geht meine Flucht hier zu Ende: würde er mich ansprechen, verriete ich mich mit der ersten Antwort. Aber meine Sorge ist unbegründet, der Mann steigt an der nächsten Station aus, ohne sich um mich zu kümmern.
Ich mache einen Buckel, ziehe die Ellbogen ein, um niemand zu stören, und bin nun, von der Menge geschützt, gut untergebracht. Die Wärme macht mich empfindungslos. Ich könnte vergessen, woher ich komme und wohin ich gehe.
In Ueno steigen fast alle Leute aus. Der Strom der Reisenden verläuft sich in den Gängen und zieht mich mit. In Wellen schwappt die frische Luft zu uns. Ich sehe den Bahnhof. Züge fahren auf eisernen Brücken hoch über dem nicht abreißenden Autoverkehr, über Kinoplakaten und Warteschlangen von gelben und roten Taxis. Unter den Arkaden vor den Geschäften türmen sich Kisten und Bierkästen. Gardenien ranken sich an einer Ziegelmauer empor. Die ersten Neonreklamen leuchten wie Schwärme roter Fische über meinem Kopf auf. Ich schaue den blauen Waggons nach, die mit einem höllischen Lärm durch den Bahnhof fahren. Eine Stimme fordert zum Einsteigen auf . . . sie richtet sich an mich!
Ich studiere den Abfahrtsplan, kaufe dann eine Fahrkarte: »Nach Chuzenji.«

Der Beamte hat ein ausdrucksloses Gesicht.
»Einmal hin und zurück?«
»Nur Hinfahrt.«
Kaum bringt er die Zähne auseinander, um zu sagen: »Da, bitte.«
Er zählt schnell das Geld nach, das ich auf den Zahltisch gelegt habe, und hält mir die Fahrkarte hin. Nach dem Gedränge in der U-Bahn kommt mir der Bahnhof geradezu friedlich vor, weniger beklemmend. An einem Verkaufsstand erstehe ich eine Schachtel Gemüsekuchen, packe sie in meine Mappe und gehe zum Bahnsteig.
Wieder beschleicht mich die Angst, erkannt zu werden, und ich sehe mich dauernd nach allen Seiten um.
Auf der Uhr in der großen Halle ist es kurz nach vier; schon vor einer Stunde haben die Schüler das Gymnasium verlassen, um nach Hause oder auf den Sportplatz zu gehen. Herr Hiroshi hat vielleicht mit meiner Mutter telefoniert, sich nach mir erkundigt oder sie von meinem Fehlen benachrichtigt. Ich habe es gern, wenn jemand sich um mich sorgt wie früher, als ich noch klein war. Mutter machte sich stets schon wegen Kleinigkeiten Sorgen: eine durchfieberte Nacht, eine schlechte Note, die meine Versetzung gefährden könnte, ein paar Minuten Verspätung. Vater dagegen macht sich nur um meine ferne Zukunft Gedanken und spricht darüber mit ernster Miene.
Meine Vorwürfe ihm gegenüber brechen immer wieder in mir durch wie eine Melodie, die man nicht loswird. Ich denke daran, dass er in all den Jahren eigentlich nur selten bei uns war: dann, wenn es galt, unser Leben als Familie zu demonstrieren, Feiertagen oder wichtigeren Ereignissen in meiner Kindheit ein offizielles Aussehen zu verleihen,

bei Preisverleihungen und bei meiner Einführung in den Tempel. Ausnahmsweise sah er uns einmal bei einem Baseballspiel zu, war dann aber enttäuscht, weil wir das Spiel verloren.

Auf dem ganzen Bahnsteig warten die Fahrgäste geduldig und diszipliniert auf den dafür vorgesehenen Plätzen. Alles ist ruhig, nur die Ein- und Abfahrten der Züge, die Lautsprecheransagen und das Türenschlagen bringen etwas Spannung. All das ähnelt unseren Reisen in die Ferien, obwohl weder meine Eltern noch meine Tante oder Großmutter da sind – Bollwerke der Familie, die mich so viele Jahre beschützt haben.

Ich bin frei. Aber diese Freiheit fällt mir in meinem Innersten immer schwerer und ich fühle mein Herz klopfen wie das eines verstörten Vogels, der aus der Hand fliehen möchte, die ihn festhält.

Der Zug fährt ein. Ich steige schnell ein und sehe zu, dass ich einen Fensterplatz in der Wagenmitte ergattere. Es ist angenehm warm. Meine Stoffjacke ziehe ich aus, falte sie sorgfältig zusammen und lege sie mit meinem neuen Pullover vor mich hin. Auf den Knien halte ich die Mappe mit meinen Schätzen: Ferien- und Schulfotos, die letzten Glückwunschkarten, mein Schreibzeug und die Comics, die ich heute in der großen Buchhandlung in Hidabashi gekauft habe.

Im Lautsprecher kündigt man die bevorstehende Abfahrt des Zuges an und nennt die einzelnen Haltestellen. Als zum Schluss Nikko, die Endstation, genannt wird, fühle ich mich wie elektrisiert . . .

Nach meiner Ankunft will ich den Bus nach Chuzenji nehmen. Es wird dann schon spät sein. Ich hätte mich besser nicht so lange in Tokio aufgehalten, aber das ist nicht tragisch. Die Busse fahren im Stundentakt, und bevor ich von Nikko wegfahre, werde ich Tetsuko anrufen. Sie darf nicht den Eindruck bekommen, ich hätte mich aus Feigheit entschlossen wegzufahren, als Rückzug vor der Gruppe, die mich in die Flucht geschlagen hat. Ich werde ihr sagen, dass ich die Atmosphäre in der Klasse nicht mehr ertrage, dass ich zu ersticken drohe und Abstand brauche. Sicher findet sie eine Möglichkeit, mich bei sich zu verstecken, bis ich eine Tätigkeit finde: auf einem gottverlassenen Acker vielleicht, als Schiffsjunge auf einem Handelsschiff oder irgendetwas anderes. Es muss nur weit weg sein von Yukio und seiner Bande. Später werde ich dann an die Eltern schreiben und ihnen die Gründe für meinen Entschluss darlegen. Sie werden verstehen, dass ich wie ein Mann gehandelt habe, so, wie sie es doch immer wollten.

Die Türen gehen automatisch zu, der Zug fährt los. Um einen letzten Blick auf den Bahnsteig zu werfen, presse ich die Stirn gegen die Scheibe. Ein paar Frauen winken mit Taschentüchern, ein Bahnbeamter mit roter Schirmmütze und blauem Schlips schaut auf seine Armbanduhr. Auf dem benachbarten Bahnsteig hält ein anderer Zug an und Reisende mit demselben müden und verschlafenen Ausdruck steigen aus. Für mich gibt es keine Rückkehr, sonst ergibt alles, wozu ich jetzt entschlossen bin, keinen Sinn. Das Gesicht zu verlieren ist viel schwerer zu ertragen als die Bosheit anderer Menschen.

Während er die endlosen Außenbezirke Tokios durchquert, wird der Zug immer schneller. Der Schnee, der gestern gefallen ist, liegt wie die weißen Felder eines

Schachbretts in großen, weißen Fetzen da. Die grau oder dunkelblau lackierten Dächer sehen aus wie mit Hermelin gesäumt, wie im Märchen. Aber niemand im Abteil nimmt von der Landschaft Notiz.

EIN SCHÜLER

Das Fehlen unseres Klassenkameraden wurde heute sozusagen nicht zur Kenntnis genommen. Herr Hiroshi unterrichtete wie jeden Tag. In der ersten Stunde gab er die Japanischarbeiten zurück und legte die oberste kommentarlos beiseite. Wir schlossen daraus, dass es Takeos war. Wieder einmal hatte er die beste Note bekommen.

In der Pause versammelten wir uns um den Klassensprecher. Wir sprachen über die Zeremonie vom Vortag und jeder versuchte sich auszumalen, was der »Verstorbene« am Tag nach seiner Begräbnisfeier unternehmen würde . . . Yukio beendete die Diskussion und erinnerte uns daran, dass Takeo sich schon vor geraumer Zeit und aus eigenem Verschulden von unserer Gruppe abgespalten habe. Es sei ihm eine großartige Feier bereitet worden und er könne sich glücklich schätzen, so würdevoll verabschiedet worden zu sein.

Kenzo setzte noch hinzu: Die Klasse könne jetzt, da sie sich von diesem räudigen Schaf befreit habe, wieder ein normales Leben führen. Er habe doch jeden schon durch seine bloße Anwesenheit gestört! Kudo, unser bester Judokämpfer, erinnerte an sein schwächliches Aussehen, das ihn wie ein Mädchen habe erscheinen lassen. Ein anderer rief: »Nein, wie einen Zwerg!« – »Eher wie eine Heuschrecke!« Wie Gewehrschüsse schossen aus allen Ecken Tiernamen. Masato litt Höllenqualen. Er hatte niemals unser Vorgehen gebilligt, selbst als er so tat, als mache er gemeinsame Sache mit uns. Das Spiel ging noch weiter und ich hätte darauf schwören können, dass er seinen Freund verteidigen wollte.

Aber er begnügte sich damit, wie die anderen verlegen zu lachen. Schließlich konnte der Klassensprecher sich jetzt, da die unterbrochene Jagd ihn um seine Beute brachte, leicht an ihn, den Naivsten und Plumpsten, halten . . . Auch ich war nicht immer mit Yukios Methoden einverstanden, obwohl ich bei der Wahl Anfang des Jahres für ihn gestimmt hatte. Aber ich unterstützte seine Pläne immer, denn er ist ein guter Anführer. Und wie sagt doch das Sprichwort: »Die Taifune blasen im September, die Kirschbäume blühen im April und die Stärkeren beherrschen die Schwächeren . . .«

EMIKO

Ich zögerte, bevor ich den Telefonhörer abnahm. Den ganzen Tag hatte ich an meinen Sohn gedacht, an den Blick, mit dem er mich am Morgen verlassen hatte. Um ihn etwas zu verwöhnen, hatte ich ein gutes Essen vorbereitet: Zuckerklopse und Hühnerspießchen mit Lauch, worauf er immer so erpicht ist.

»Hier spricht Hiroshi. Frau Kimura?«

Mehr sagte er nicht und mir wurde sofort klar, dass es um etwas Ernstes ging.

»Wie geht es Ihrem Sohn?«

»Meinem Sohn? Was wollen Sie damit sagen?«

»Takeo ist heute nicht zum Unterricht gekommen, deshalb rufe ich an.«

»Takeo ist heute zur üblichen Zeit weggegangen.«

Sein unerwartetes Ausreißen weckte in mir das Bedürfnis, sofort etwas zu unternehmen, die Polizei zu benachrichtigen, Krankenhäuser anzurufen, vom Direktor zu verlangen sich einzuschalten, seine Klassenkameraden zur Mithilfe aufzufordern.

»Hat Ihr Sohn keine Nachricht hinterlassen, die sein Verhalten erklärt?«

Ich hatte mich um den Haushalt gekümmert, sein Zimmer aufgeräumt, aber nichts bemerkt. Wenn er einen Brief geschrieben hätte, so würde er ihn bestimmt offen sichtbar hingelegt haben.

»Machen Sie sich keine Sorgen, er kann nicht weit kommen, bis er gefunden wird.«

»Und wenn ihm etwas zugestoßen ist?«

»Dann wären sie bestimmt schon von einem Krankenhaus oder der Polizei benachrichtigt worden. Nein, es ist ihm sicher nichts passiert.«
Die beruhigenden Worte beantwortete ich mit einer Höflichkeitsfloskel. Dann legte ich den Hörer auf und fing an zu weinen. Schließlich trocknete ich meine Tränen.
Ich musste meinen Mann verständigen. Er würde mir sagen, was zu tun sei. Herr Hiroshi hatte Recht, man musste Ruhe bewahren. Unordnung führt nur zu Unglück.

HERR HIROSHI, DER LEHRER

Als Frau Kimura den Hörer auflegte, fühlte ich nur zu genau, dass sie kurz davor war, in Tränen auszubrechen. Sie tat mir Leid. Ich wusste selbst nicht, was ich von der Sache halten sollte. Den ganzen Tag lang hatte Takeos leerer Platz meine Blicke angezogen.

Ich hatte meine Pflicht erfüllt, unterrichtet wie immer und kein Schüler hatte meine Verwirrung bemerkt. Aber jetzt, vor dem Telefon, wurde ich nachdenklich.

Seit vierzig Jahren ist mir der Lehrerberuf vertraut; immer habe ich mich gehütet, als Lehrer persönlichen Gefühlen gegenüber meinen Schülern nachzugeben. Ich habe einen zu hohen Begriff von Erziehung, als dass ich jemals in dieser Hinsicht einen Fehler machen würde.

Trotzdem hatte ich, das muss ich gestehen, eine besondere Neigung für den jungen Takeo: für seine lebhafte Intelligenz, seine Ernsthaftigkeit, seinen feinen, ästhetischen Sinn, der sich in seinen Aufsätzen und selbst in seinen geringfügigsten Bemerkungen in den Unterrichtsstunden äußerte. Dazu kamen seine Fähigkeit zu schweigen und sein Mut – eine Art inneren Muts, der sich nicht in Faustschlägen äußert und Frauen mitunter ebenso eigen ist wie den Kamikazes im Krieg. Das alles gefiel mir an ihm und zwang mich aufzupassen, dass er nicht zu einem »Lieblingsschüler« wurde. In all meinen Berufsjahren hatte ich nie Lieblingsschüler gehabt. Aber was war dann passiert? Warum änderte sich meine Einstellung zu ihm so vollständig? War es mein Fehler, dass seine Klassenkameraden gegen ihn eingenommen waren, dass er sich selbst aus ihren Reihen ausschloss?

Innerhalb weniger Wochen war Takeo mir unerträglich geworden. Er symbolisierte für mich Störung, Schwäche, das krankhaft Schlechte. Ich war erleichtert, all das mit ihm zu begraben . . .

Ich erwog den Direktor einzuschalten. Aber ich hielt es nicht für wichtig genug, ihn damit zu belästigen. Sollte Takeo nicht wiederkommen, so würde ich morgen in der Pause immer noch mit ihm sprechen können.

TAKEO

Der Zug hat die nördlichen Vorstädte Tokios hinter sich gelassen und den Fluss auf der großen Eisenbrücke überquert, die bei jeder Fahrt in die Ferien mein Tor zur Freiheit war. Er fährt durch die Ebene, die Felder dehnen sich bis zum Horizont aus. Dann kommen die ersten Hügel, auf denen die Bäume spitz und schmal wie Dolche stehen. Auf den überfluteten Reisfeldern lassen kleine Triebe zarte, grüne Linien erkennen. Ein Wohlgefühl überkommt mich. Es gleicht nicht der Unruhe vom letzten Sommer, wenn ich mit Tetsuko das Haus verließ, nicht dem angenehmen Gefühl, sie von mir abhängig zu wissen. Es ist kein körperliches Empfinden, sondern das Bewusstwerden einer Welt, die ich weder sehen noch mit den Händen fühlen kann, eine innere Bewegung, vergleichbar dem Wind, dem Nebel oder dem geheimnisvollen Geist, der manchmal die Erde unter unseren Füßen erschüttert. Der Zug bringt mich in eine mächtige und geheimnisvolle Welt.

Tokio: Menschenmassen, deren Leben, nur von wenigen, kurzen Ferien unterbrochen, durch den Zeitplan des täglichen Arbeitsablaufs reglementiert wird; Tokio: Stadt aus Beton und der grellen Lichter; Tokio: Schulen, in denen man die Regeln des Wettbewerbs lernt; Tokio: mit Waren voll gestopftes Paradies, in dem man seinen Lohn hart verdienen muss – ich weine dir keine Träne nach.

Der Zug biegt nach Westen in Richtung Nikko ab. Der Tag verblasst und die Silhouette der sich abzeichnenden Berge nimmt blaugrüne Töne an.

Ich winke das Mädchen heran, das seinen Wagen mit

Getränken, verpacktem Kuchen und Trockenobst den Gang entlangschiebt, und entscheide mich für eine verpackte Mahlzeit sowie ein Glas Tee. Das Mädchen ist ganz hübsch, hat ein rundliches Gesicht, einen Pferdeschwanz, trägt eine weiße Bluse und eine rosa Schürze. Aber sie macht einen erschöpften Eindruck, ist außer Atem und ihre Stimme klingt tonlos. Meinen Geldschein nimmt sie entgegen, ohne mich anzusehen, gibt mir das Wechselgeld ohne ein Lächeln zurück und setzt ihren Marsch durch den Gang fort. Dabei kündigt sie sich schon von fern mit einer gellenden Stimme an, die die dösenden alten Herren weckt.

Das Essen ist lecker und vielseitig: geräucherter Fisch, roher Tunfisch mit Reis, in dünne Scheiben geschnittene Lotuswurzeln, Ingwerschalen und Klöße aus zartem Reis. Hier und dort etwas herauspickend, mische ich die verschiedenen Geschmacksrichtungen auf den Spitzen meiner Stäbchen zusammen. Ich überlege, was ich meiner Kusine am Telefon sagen werde ...

Tetsuko wird einen Futon für mich in dem Schuppen auslegen, der manchmal als Reparaturwerkstatt dient. Wenn ich ihr erzähle, was vorgefallen ist, wird sie mir mit der Miene eines Kätzchens zuhören und sich von Zeit zu Zeit auf die Lippen beißen. Das Bild steht so deutlich vor meinen Augen, dass ich glaube Tetsuko vor mir zu sehen. Ich rieche wieder die frische Luft bei unseren Ausflügen in den Wald und höre das Knacken der Zweige unter unseren Füßen. Ich mache mir keine Sorgen, denn ich weiß, dass mein Onkel bis zum Monatsende in Korea ist. Und was meine Tante anbelangt: Sie ist eine liebe Frau, die wenig spricht und deren Welt nicht über die Mauern ihres Hauses

hinausreicht. Und selbst wenn sie meine Gegenwart bemerken würde, hätte ich nichts von ihr zu befürchten.
Nachdem ich den Tee ausgetrunken und die Essensschachtel unter meinem Sitz verstaut habe, hole ich aus der Mappe den Roman, den ich am Morgen gekauft habe. Es ist eine Sciencefictiongeschichte, in der der Held einen belebten Planeten entdeckt.
»Lesen ist die Nahrung des Herzens«, sagte meine Mutter einmal, als ich klein war, und seitdem nährte sich meine Vorstellungswelt vor allem von Büchern. Wenn ich sie verschlang, hatte ich den Eindruck der Stärkste zu sein, die anderen zu beherrschen und meine Vorstellungen durchzusetzen.
Ich muss ziemlich bald eingeschlafen sein, denn beim Aufwachen hält meine Hand das Buch noch auf den ersten Seiten aufgeschlagen. Es ist dunkel geworden. Draußen strahlt der Bahnhof von Nikko in hellem Licht. Die letzten Reisenden machen sich zum Aussteigen fertig. Ein Mann mit glatt rasiertem Schädel, der in den Zug eingestiegen sein muss, während ich schlief, greift nach seinem Koffer und hüllt sich in einen braunen Umhang. Er dreht den Kopf nicht in meine Richtung, aber ich bin sicher, dass er mich beobachtet. Schnell schlüpfe ich in meine neue Jacke, ziehe die Mütze bis zu den Augenbrauen herunter – eine Gewohnheit, die ich von Yukio abgeschaut habe und die ich nicht ablegen kann! – und gehe mit meiner Mappe über der Schulter zum Ausgang.
Mit dem tiefen Grün der Mammutbäume und der von dunklen Tannen und Lärchen überschatteten Serpentinenstraße hatte Nikko für mich immer Farben wie aus dem Bilderbuch. Ich kam nur im Sommer her, wenn vor den

Wirtschaften Tische stehen, an denen Touristen in kurzärmligen Hemden und mit Strohhüten sitzen. Im Schnee erkenne ich die Landschaft nicht wieder, in der dick eingemummte Menschen zu Bushaltestellen und Taxiständen eilen.

Der Bahnhof ist bald menschenleer. Nur der Mönch, der gleichzeitig mit mir ausgestiegen ist, ist noch da. Er scheint auf jemand zu warten und steht mitten auf dem Gehweg, als wolle er schon von weitem gesehen werden.

In einer Telefonzelle wähle ich die Nummer meiner Kusine. Sie müsste von der Schule zurück sein. Ich lasse es lange läuten, versuche es dann ein zweites Mal in der Überzeugung, eine falsche Nummer gewählt zu haben. Ich warte und zähle die Klingelsignale. Nach dem zehnten gebe ich auf. Es ist niemand da. Ich habe das Gefühl, dass etwas in mir zusammenbricht, der erste Teil des Gerüstes, das ich mir für die Ankunft in Chuzenji ausgemalt habe. Tetsuko ist der Dreh- und Angelpunkt für alles Folgende. Wenn dieses Glied in der Kette fehlt, weiß ich nicht, woran ich mich klammern soll.

Ich denke an Großmutter, weniger, um bei ihr Zuflucht zu suchen, als in der Annahme, Tetsuko bei ihr zu finden. Die Stimme am Telefon erkenne ich sofort: Die Nachbarin, Frau Otah, ist gekommen, um die Heizung abzuschalten und nachzusehen, ob alle Fenster zu sind. Großmutter sei es am Nachmittag nicht gut gegangen und meine Tante habe sie ins Krankenhaus nach Nikko gebracht. Vor einer Weile habe sie angerufen, Frau Otah gebeten die Fensterläden zu schließen und ihr dabei von Großmutters Befinden erzählt. Es sei nichts Ernstes, aber der Arzt wolle sie doch noch ein oder zwei Tage für Untersuchungen dabehalten. Ich frage nach Tetsuko. Sie weiß nicht, wo sie ist, meine Tante hat ihr nichts gesagt. Wahrscheinlich ist die Kleine wegen der Schule in Chuzenji geblieben.

»Wer spricht denn dort?«, fragt die Nachbarin dann.

Ich stammele irgendeinen Namen und lege den Hörer auf. Frau Otah ist eine Schwätzerin, die lieber erzählt, als dass sie zuhört. Nichts von dem, was sie noch sagen könnte, interessiert mich. Ich bin zu sehr durcheinander, um mich ihr anzuvertrauen. Nur ein Gedanke beherrscht mich: schnell nach Chuzenji fahren, Tetsuko finden und mich von ihr wieder aufrichten lassen, jetzt, da die ganze Welt um mich herum schwankt und die immer schwärzer werdende Nacht mich zu verschlingen droht.

Der Bus um sieben Uhr wird keine Verspätung haben, ich will ihn nicht verpassen. In einer knappen Stunde werde ich in Chuzenji sein und mich dort auf die Suche nach meiner Kusine begeben. Das ist mein einziger Gedanke, das einzige Licht am Ende des Weges.

Ich laufe über die Straße. Die Bushaltestelle ist etwa hundert Meter entfernt. Vor dem Bahnhof sehe ich den Mönch stehen, unbeweglich wie eine Statue. Er dreht seinen Kopf in meine Richtung und schaut mir nach.

Jetzt sitze ich hinter dem Busfahrer, die Mappe auf den Knien. Der Wagen fährt vorsichtig durch eine Landschaft, deren Weiß die Nacht hell erleuchtet: samtweiß der Schnee auf der Erde, flaumig-weiß der Dunst in den Gebirgsfalten, durchsichtig – weiß der Nebel, der in langen Schärpen über den Baumwipfeln hängt. Ich stelle mir vor, was kommen kann, das Unmögliche, das ich bisher für ausgeschlossen hielt. Der Weg, den ich so oft in den Ferien gefahren bin, führt mich heute in eine eisige Wüste. Alles hängt davon ab, ob sich eine Tür öffnet, sich mir eine Hand entgegenstreckt und mich dorthin führt, wo ich vor den anderen Schutz finde. Hoffnung und Zweifel wechseln einander ab.

Die Straße führt zügig aufwärts durch die Dunkelheit. Der Bus ist fast leer bis auf ein junges Pärchen in sportlicher Kleidung, zwei Frauen, die ununterbrochen leise miteinander sprechen, und einen alten einsamen Mann, der vor sich hin döst. Keinen von ihnen scheint dieser allein reisende Schüler zu beunruhigen. Die Neujahrsferien sind seit kurzem vorbei und jeder wird denken, dass ich nach einem Aufenthalt bei meiner Familie wieder zum Gymnasium zurückfahre.

Wir sind da; ich blicke auf die Uhr, es ist kurz vor acht. Die Straßen sind hell erleuchtet, aber man sieht nur wenige Menschen. Um nicht aufzufallen, steige ich ohne Hast aus und gehe die Hauptstraße entlang. Tetsukos Haus ist ein dunkler Fleck in der Schneelandschaft. Ich kann es schon von der roten Holzbrücke aus erkennen, die den Abfluss des Sees überspannt und auf der sich sonntags die Verliebten fotografieren lassen. Jetzt liegt die Brücke leblos da. Ein trockener Nordwind formt kleine, kurze Wellen auf dem Wasser, in dem sich die roten und gelben Lichter des Dorfs spiegeln.

Ich laufe zum Zaun, an dem ich so oft gespielt habe. Die Schiebetüren des Hauses haben sich hinter vergangenen Erinnerungen wieder geschlossen. Kein noch so schwacher Lichtschein dringt von innen heraus. Ich trommle mit beiden Fäusten gegen die Tür, nachdem ich ohne Erfolg geklingelt habe. Schließlich setze ich mich auf die Treppenstufen, die noch immer mit Neujahrssträußen aus Tannenzweigen und Bambus geschmückt sind.

Trotz der Aussagen der Nachbarin hatte ich gehofft, dass Tetsuko nach Hause kommen und über Nacht hier bleiben würde – dass sie mit demselben sechsten Sinn, mit dem ich sie sehen und fühlen kann, wenn ich mit aller Kraft an sie denke, mein Kommen ahnen würde. Tödliche Einsamkeit überfällt mich. Ich bin verlassen, von Hoffnungslosigkeit zerfressen. Den ganzen Tag lang habe ich mir etwas vorgemacht und absurde Pläne geschmiedet. Diese so verlockende Freundin, Tetsuko, ist nur eine Falle, ist nichts als ein kleines Mädchen, das vor Gewittern Angst hat. Wäre sie zu Hause gewesen, so hätte sie mich mit Ausrufen der Freude und Überraschung empfangen. Hätte ich ihr die Gründe meines Kommens dargelegt, so hätte sie schnell ihre Mutter um Rat gefragt und dann versucht mich zu beschwichtigen, während man meine Eltern benachrichtigte. Ich wäre nach Tokio zurückgebracht worden wie der Fremde, den ich einmal ohne Hoffnung zwischen zwei Polizisten ins Gefängnis zurückkehren sah.

DER MÖNCH

Als wir in Nikko ankamen, erkannte ich Takeo. Während der Fahrt war mir das Kind in der Uniform kaum aufgefallen, das mit einer bis zu den Augen heruntergezogenen Mütze schlief. Es war auch jetzt kein blitzartiges Erkennen, wie man es erlebt, wenn man einem vergessenen Freund wieder begegnet; der blasse, vor sich hin schlummernde Gymnasiast hatte nichts gemein mit dem braun gebrannten Jungen aus den letzten Ferien. Aber da ich gelernt habe hinter Fassaden zu schauen, erinnerte ich mich nun daran, dass das gesunde, goldige Kind schon damals den Keim der Zerstörung in sich trug.

Aus dem albernen Bedenken heraus nicht aufdringlich erscheinen zu wollen, entschloss ich mich zu spät ihn anzusprechen. Ein paar Schritte lief ich hinter ihm her, konnte ihn aber nicht mehr einholen. Er schien es schrecklich eilig zu haben! Ich nahm an, er wollte seine Großmutter besuchen, die in unserer Gemeinschaft »Die alte Dame vom See« genannt wird und der wir wegen ihrer Großzügigkeit dem Tempel gegenüber sehr verbunden sind. Aber eigentlich hätte ich mir denken können, dass man es kaum so eilig hat, wenn man zu seiner Großmutter will . . . In Wahrheit befand er sich in einer Art Ausnahmezustand, hatte den starren Blick und den mechanischen Gang eines Schlafwandlers. Ich hätte ahnen müssen, dass ihn am Ende seines Weges Schweres erwartete . . .

Der Wagen, der mich abholen sollte, hatte sich verspätet, ich musste darum lange im eisigen Wind auf der Straße warten. So sah ich Takeo wieder, als er sich wie ein schwarzer Schatten in der düsteren Nacht bewegte. Er lief ziemlich schnell, kam mir aber unter der Mappe auf seinem Rücken gebeugter vor als vorher. Er glich einem kleinen Buckligen.

Jetzt ging er mit schnellen Schritten zur Bushaltestelle. Ich wollte ihm gerade folgen, als ich unseren Lieferwagen sah. Tsurukawa fuhr ihn, der einzige Mönch unserer Gemeinschaft, der Motoren und Gartengeräte reparieren kann. Einige Besorgungen in Nikko hatten ihn aufgehalten und er entschuldigte sich geradezu überschwänglich für die Verspätung. Ich setzte mich auf den Beifahrersitz und dachte nicht mehr an die unvorhergesehene Begegnung.

Rechtzeitig zur *Mandukation** kamen wir an. Die Mönche saßen schon im Speisesaal vor ihrer Nudelsuppe. Der Prior erkundigte sich nach dem Befinden meiner Familie, in der sich ein Trauerfall ereignet hatte. Dann kniete er auf der Reismatte nieder und las mit lauter Stimme aus den heiligen Büchern vor.

Etwas später, kurz vor der Schlafenszeit, erzählte mir Tsurukawa, was in der Woche vorgefallen war: Die alte Dame vom See war erkrankt und als Notfall ins Krankenhaus von Nikko eingeliefert worden. Ihre Tochter hatte sie begleitet.

Mit einem Schlag sah ich wieder Takeo in der Dunkelheit zum Bus laufen und machte mir Vorwürfe: Das Schicksal hatte ein Kind in einer Notlage auf meinen Weg geführt und ich hatte es nicht in den Arm genommen. Ich musste schnell handeln. Vielleicht war es noch nicht zu spät?

Wie ein Verrückter rannte ich aus dem Tempel, nahm mir gerade noch die Zeit, den Umhang überzuwerfen und eine Taschenlampe zu ergreifen, und lief zum Bahnhof – aber der war menschenleer.

Der Beamte war gerade damit fertig, seine Fahrkarten zu ordnen. Er hatte niemanden gesehen. Wo sollte ich nun hingehen? Wohin würde das Kind gehen, nachdem es vergeblich an eine Tür geklopft hatte? Wo konnte Takeo umherirren, wenn nicht auf den Wegen, die ihm aus den Ferien vertraut waren?

Ich stellte mir vor, wie er in der Nacht herumtappte: wie ein Schlafender, der aufwacht und etwas in der Dunkelheit Verborgenes sucht, aber nur von seinen Erinnerungen geleitet wird. Um ihn zu finden, musste ich es genauso machen. Ich folgte seiner Fährte vom Haus der alten Dame, dessen Fensterläden geschlossen waren, bis zu dem der kleinen Kusine. Es war ebenso verlassen.

Trotz des leichten Schneefalls waren seine Fußspuren nicht ganz zugedeckt. Vom Schein meiner Lampe geführt, ging ich ihnen nach. Sie verliefen zwischen Haus und Gartenmauer, kreuzten die Spuren eines davonlaufenden Tieres und führten mich am Gartenzaun vorbei weiter auf die Straße.

Ich verstand nicht, warum diese Schritte mich wieder zur alten Dame zurückführten und sich dann zum See wandten, aber ich war sicher, auf der richtigen Spur zu sein. Zaghaft wagte ich es, auf einen Sieg des Lichts über die Mächte der Finsternis zu hoffen.

EMIKO

Beim ersten Läuten hob ich den Hörer ab. Ich hatte gerade eine kurze Unterhaltung mit meinem Mann geführt, der mit der üblichen Kaltblütigkeit reagierte und mir riet Geduld zu haben. Es könne nicht mehr lange dauern, bis Takeo sich wieder meldete. Er sei immer pünktlich und zuverlässig gewesen. Dass er jetzt ausgerissen war, rührte sicher von einer Pubertätskrise her, wie sie bei allen Kindern aufträte, die nur langsam erwachsen werden wollten. Er würde sich mit ihm aussprechen, wenn er nach Hause komme.

Wie schon vorhin Herr Hiroshi konnte auch mein Mann mich nicht überzeugen. Aber ich war etwas beruhigter. Ich blieb in der Nähe des Telefons. Ich hatte schon an die Möglichkeit gedacht, dass er zu seiner Kusine geflohen sein könnte, und einen Moment glaubte ich, meine Schwester würde mir etwas von Takeo mitteilen, als ich am Telefon ihre Stimme und das Knistern vernahm, an das man bei den Gesprächen nach Chuzenji gewöhnt ist.

»Bist du's, Emiko?«

»Ja, aber ich verstehe dich sehr schlecht. Gibt es etwas Neues?«

Ich hatte große Angst vor dem, was sie mir sagen würde, und hoffte mit jeder Faser meines Körpers auf eine gute Nachricht. Aber sie verstand meine Frage falsch und äußerte sich erstaunt darüber, dass ich schon etwas von Großmutters Erkrankung wusste.

»Ach, du weißt schon Bescheid? Ich habe dich nicht früher angerufen, um dich nicht zu beunruhigen. Aber ich kann dir versichern, dass alles in Ordnung ist.«

Sie rief aus einem Krankenhaus in Nikko an, wo Großmutter in einem bequemen Zimmer lag und von einer Schwester betreut wurde. Im Laufe der nächsten vierundzwanzig Stunden würde man sie wieder nach Hause bringen. Eine gewisse Scham hielt mich zurück, von Takeos Flucht zu sprechen. Ich fragte: »Und deine Tochter?«

»Sie hat bei einer Freundin zu Abend gegessen und wird dort übernachten. Ich bleibe hier bei Mama. Jetzt ist es jedenfalls zu spät, nach Chuzenji zurückzufahren, die Straße ist spiegelglatt. Es liegt viel Schnee hier.«

»Hast du die Telefonnummer dieser Freundin? Ich möchte gern mit Tetsuko sprechen. Takeo ist verschwunden, nachdem er Probleme in der Klasse, mit seinen Schulkameraden, hatte.«

Ich schluchzte so stark, dass ich kaum hörte, was sie antwortete: Die Kinder seien unbarmherzig zueinander geworden, woran vor allem das Fernsehen schuld sei. Es würden so viele grausame Filme gesendet und selbst in Zeichentrickfilmen würden Monster gezeigt. Man würdige nicht mehr wie früher den Mut, sondern die Brutalität – den Mut der Feiglinge!

Schließlich schwieg sie, versprach, am nächsten Tag wieder anzurufen, und fügte hinzu, dass der Kleine bis dahin bestimmt wieder nach Hause kommen würde.

Als ich den Hörer auflegte, wusste ich nicht mehr aus noch ein. Alles um mich herum drehte sich. Ich dachte an Takeos Abschied und den Blick, den er mir heute Morgen zugeworfen hatte, als er wegging. Ich machte mir Vorwürfe, ihn nicht zurückgehalten zu haben, rief mir die letzten Wochen mit all den kleinen Vorkommnissen in mein Gedächtnis zurück, die mir die Augen über sein Leid hätten öffnen sollen. Ich hätte mehr mit ihm sprechen, ihm abends zuhören müssen, wenn er vor dem niedrigen Tischchen saß und ich den Kulturreport ansah. Ich hasste die Erziehungsmethoden, die mich dazu gebracht hatten, hart zu sein und meine mütterliche Zärtlichkeit zu unterdrücken. »Unser Sohn muss ein Mann werden.« Immer diese gleichen Worte hatte sein Vater wiederholt, die gleichen Regeln vom Streben, von der Pflicht, die man einhundertzwanzig Millionen Japanern eintrichtert! Ich verabscheute ihre Ehre, ihre Disziplin . . . ich wollte meinen Sohn . . . Schließlich beruhigte ich mich.

Als ich die Nummer wählte, die mir meine Schwester gegeben hatte, meldete sich die Stimme eines jungen Mädchens, aber nicht die meiner Nichte. Tetsuko war beim Abendessen und sah sich dabei einen Zeichentrickfilm an; ich hörte ihr unbekümmertes Lachen und die Begleitmusik zum ›Spinnen-Männchen‹. Takeo war allein, wo auch immer, verloren mit seinem Schmerz, und sie war fröhlich. Sie würde unverändert so weiterlachen, während ihrem Vetter ein Unglück zustieße. Es war so ungerecht! Das Mädchen rief sie: »Tetsuko, für dich.«

Tetsuko antwortete ärgerlich wie jemand, der sich gestört fühlt. Vermutlich balancierte das Spinnen-Männchen gerade am Ende seines Fadens, bereit, sich auf die Beute zu stürzen.

»Tetsuko, es ist deine Tante Emiko!«

Darauf kam sie schnell zum Telefon. Als ich Takeos Namen erwähnte, wurde es am anderen Ende der Leitung still. Ich fühlte, wie eine fürchterliche Angst in ihr aufstieg.

» . . . seit heute Morgen, ja, niemand weiß, was aus ihm geworden ist. Ich dachte an Chuzenji. Wo sollte er in Tokio hingehen? Hier hat er keine Freunde.«

Tetsuko sagte immer noch nichts, meine Fragen blieben ohne Antwort. Offensichtlich war sie aus allen Wolken gefallen. Dann sagte sie, Takeos letzte Karte mit den Neujahrsgrüßen für sie habe sie nicht alarmiert, er habe darin von den Ferien geschrieben ... Aber hatte sie sie richtig gelesen? Hatte sie verstanden, was Takeo ihr zwischen den Zeilen sagen wollte?
Sie kannte die Karte auswendig. Als sie sich den Text ins Gedächtnis zurückrief, musste sie einen verborgenen Sinn darin entdecken, der ihr zunächst entgangen war. Ihre klare Stimme brach und sie begann zu weinen. Es tat mir jetzt Leid, ihr die Lust am Lachen verdorben und nicht daran gedacht zu haben, dass sie noch ein junges Mädchen war.
Ich legte den Hörer auf und blieb mit meinem Kummer allein. Es blieb nichts mehr zu tun, als abzuwarten. Aber von diesem Augenblick an wusste ich, dass ich Takeo nie mehr wieder sehen würde.

TAKEO

Der Mond ist am Himmel weitergewandert und die Kälte fängt an mich zu bezwingen. Aber stärker als die Kälte fühle ich um mich herum ein Meer von Einsamkeit aufsteigen, in dem ich versinke. Ich bin ein winziger Felsen, an den die Flut schlägt und den die Menschen am Ufer überhaupt nicht bemerken. Ich bin verloren, existiere für niemand mehr. Und dennoch, ich habe mich darein gefügt. Tetsuko mache ich keinen Vorwurf, dass sie heute Abend nicht zu Hause war. Ich sage mir sogar, dass ihr damit viele Sorgen erspart worden sein dürften. Eher bin ich auf Masato böse, weil er gestern Abend nicht angerufen hat, auf Herrn Hiroshi, der sich von mir abgewendet hat, auf die Götter, die sich so gleichgültig zeigen . . . Meiner Mutter werfe ich vor, nichts getan zu haben, um mich festzuhalten.

Meinen Vater, den ich als kleines Kind noch so bewunderte, weise ich zurück, so wie er mich zurückgewiesen hat. Er hat aufgehört mein Vorbild zu sein. Von fern kommt er mir nicht mehr wie ein lebendiges Wesen vor, sondern wie ein Automat, wie eine kalte Maschine, die überhaupt kein Gefühl in mir weckt, weder Liebe noch Hass.

Tetsuko wird darauf eingestellt sein, die Nacht bei anderen Leuten aus dem Dorf zu verbringen. Sie ist bestimmt bei einer Klassenkameradin. Ich beneide die Kinder, die gemeinsam unter einem Dach schlafen dürfen, ihre Futons im selben Zimmer aufschlagen und zwischen zwei Lachanfällen miteinander tuscheln und ihre Geheimnisse austauschen.

Ich stehe auf und gehe wieder den Weg zu Großmutters

Haus zurück. In der benachbarten Villa sind die Fenster erleuchtet. Um hineinsehen zu können, gehe ich näher heran und erkenne Frau Otah. Sie sitzt zusammen mit ihrem Mann beim Abendessen und beide starren dabei auf den Bildschirm. Um diese Zeit gleichen sich alle Familien, alle sitzen vor demselben Zyklopenauge, dem Fernsehen. Diese Monotonie hat aber auch etwas Freundliches. Ich schmecke, wie bitter es ist, von der Herde ausgeschlossen zu sein, der ich immer angehört habe, und fühle, dass ich nur sehr schwer ohne den Schutz anderer Menschen leben kann.

Das Telefon klingelt, die Frau steht auf und nimmt den Hörer ab. Das Gespräch dringt zwar nur gedämpft bis zu mir, aber einige Worte kann ich verstehen. Es ist ein Ferngespräch. Frau Otah spricht laut, um sich verständlich zu machen, klagt über den schlechten Zustand der Leitung. Von ihren recht detaillierten Antworten kann ich die Fragen ableiten. Sie spricht von dem Anruf, den sie in Großmutters Haus entgegennahm: Ein Junge habe nach Neuigkeiten gefragt und wissen wollen, wo Tetsuko sei. Beim Einhängen habe er einen Namen genannt, den sie aber nicht verstanden habe. Das sei alles, was sie sagen könne. Sie setzt das Gespräch fort und spricht dabei immer lauter. Ich entferne mich vom Fenster, um nicht entdeckt zu werden.

Jetzt ist die Hundemeute losgelassen, ich fühle sie zum Beißen bereit hinter mir. Noch einmal male ich mir die Rückkehr als Besiegter aus, als Futter für jedermanns Neugier ...

Ich laufe auf den See zu und setze mich an den Fuß einer alten Laterne. Dort halten sich in der schönen Jahreszeit die

Verliebten auf und werfen kleine Steine so flach über die Wasseroberfläche, dass sie wieder hochspringen. Ich nehme einen Stein und werfe ihn ohne besondere Sorgfalt. Er fällt schwer ins Wasser. Ein schlechtes Vorzeichen! Hier darf ich nicht bleiben. Angst steigt in mir auf. Meine Gedanken wandern zum Wald, dem freundlichen Wald der Spaziergänge mit Tetsuko im letzten Sommer. Ich empfinde wieder den Trost, den ich verspürte, als sie ihre Hand in meine legte, und die Unruhe, die mich überkam, wenn die Falten ihres Kleides um ihre nackten Beine spielten.

Ich möchte an Tetsuko schreiben und ihr sagen, was ich auf dem Herzen habe. Mit ein paar hingekritzelten Worten fange ich an, aber dann kann ich mich nicht mehr ausdrücken. Wie soll ich ihr all das erklären, was ich empfinde, was soll ich ihr mitteilen? Ich gehöre nicht mehr zur Welt der Lebenden, aber tausend Bande halten mich noch immer an der Erde fest. Unendlicher Kummer ergreift mich, aber ich bin froh, dass es ihn gibt. Ich hasse das Böse, das man mir angetan hat, und bin voller Mitleid für die anderen. Es ist schließlich eine recht unvollständige Botschaft, die ich für sie und andere, die vielleicht Gewissensbisse haben, hinterlasse. Aber ich glaube das Wichtigste gesagt zu haben.

Auf den Umschlag schreibe ich: *Für Tetsuko*, und obwohl meine Hand vor Kälte zittert, male ich ihren Namen in meiner schönsten Schrift.

Den Brief will ich in Großmutters Briefkasten einwerfen, lasse es dann aber doch sein. Lieber stecke ich ihn in meine Brusttasche. Ich empfinde es als tröstlich, ihn dort so warm zu spüren wie ein lebendes Wesen, das noch nach mir da sein und für mich Zeugnis ablegen wird.

Dann breche ich auf in die Dunkelheit, zu den finsteren Hängen, die den See mit ihrer gespenstischen Masse umschließen. In meiner Erinnerung taucht wieder die Geschichte auf, die sich die Frauen im vorigen Sommer erzählten. Aber hatte ich jemals aufgehört an sie zu denken? Der Wald mit seinen Vögeln und dem rauschenden Wind hat sich in meinen schlaflosen Nächten schon längst in diesen schweigsamen Winterwald unter einer Schneedecke verwandelt, der mir jetzt eine letzte Zuflucht bietet. Nicht Tetsuko hat mich hierher gelockt. Es war die Ahnung von einer geheimen Kraft in dieser heilen Natur, die nicht wie die Götter in den Tempeln von Menschen nach deren Wünschen geschaffen wurde, sondern ein mächtiges, unsichtbares Wesen ist, das auch über die kleinsten unter den Menschen die Vorherrschaft hat und das Gerechtigkeit walten lässt.

Ich verlängere meine Schritte, habe es eilig zu einem Ziel zu kommen, das ich nicht kenne. Es wird immer kälter, ich reibe die Hände aneinander, um sie zu erwärmen. Hinter mir schimmert das Dorf Chuzenji mit seinen Lichterketten, die erst am Ende der Woche von den Geschäftsleuten abgenommen werden. Ich denke an die Schwäne, die man vor der Strenge des Winters in Schutz gebracht hat. In einigen Monaten werden sie zusammen mit der Sonne und den ersten Spaziergängern wieder auftauchen.

Von fern höre ich die Glocke des Klosters läuten, aber ihr Ruf geht mich nichts mehr an. Ein einziger Gedanke beherrscht mich jetzt: die Tanne wieder zu finden, unter der ich am Abend des Gewitters mit Tetsuko Schutz suchte. Mit schwerem Herzen gehe ich durch den vom Winter wie verwandelten Weg. Und doch scheint mir das

Paradies, das sich mir hier öffnet, gastlich. Sein Geheimnis schreckt mich nicht. Hier unter den großen, reglos stehenden Bäumen um mich herum und in dem hellen, feinen Schnee unter meinen Füßen wohnt die unsichtbare Kraft, die ich so lange gesucht habe. Durch meine Bereitschaft, in ihr zu versinken, werde ich wieder aufleben.
Ich gebe mich der immer stärker werdenden Erstarrung hin. Von fern leuchtet der See. Es hat wieder angefangen zu schneien, ich sehe die ersten Flocken um die nackten Stämme flattern. Das Mondlicht ist weich und durchscheinend. Der Januar hat Ähnlichkeit mit dem Mai: Die gleichen weißen, schwerelosen Schmetterlinge lösen sich von den blühenden Kirschbäumen, um die Menschen daran zu erinnern, dass das Leben vergänglich ist, aber der in ihnen wohnende Geist unsterblich.

EPILOG

Der Mönch irrte lange durch den Wald, wo sich die Spuren verloren, die ihn von Tetsukos Haus hergeleitet hatten. Es kam ihm so vor, als hätten die Götter jetzt, da er kurz vor seinem Ziel war, die Wege umnebelt, um ihn daran zu hindern, sich dem Gang des Schicksals entgegenzustellen. Er ging zum See hinunter und an dem mit Raureif überzogenen Ufer entlang. Dann drehte er um, folgte seiner eigenen Spur und versuchte auf gut Glück, sich auf den Wegen zu orientieren, auf denen der Schnee alle Spuren verwischt hatte. Von fern hörte er gedämpft die Tempelglocke läuten, ihr Klang vermischte sich mit seinem Herzschlag. In der Eile des Laufs blähte sich sein Umhang auf und verhakte sich an den Zweigen am Wegrand, die wie Glas abbrachen. Seine Füße, an denen er nur Sandalen trug, sanken im Pulverschnee ein. Aber er kam voran, geführt vom gelben Lichtfleck seiner Taschenlampe, gleichermaßen unempfindlich gegen die Müdigkeit, die ihn zum Keuchen brachte, wie gegen die an seinen Händen brennende Kälte.

Inzwischen war die Polizei von der Familie alarmiert worden und hatte zwei Männer auf die Suche nach dem Kind ausgeschickt. Aus unerfindlichen Gründen konzentrierten sie ihre Suche aber entlang der Straße nach Nikko.

Mehrere Stunden vergingen. Als die Nacht fortgeschritten und immer kälter und stiller geworden war, entdeckte der vor Müdigkeit und Hoffnungslosigkeit erschöpfte Mönch den Körper. Unter den niedrig hängenden Zweigen einer Tanne fiel ihm zunächst eine Art Schneehaufen auf. Aber als er näher kam, erkannte er den schwarzen Uniformstoff, die Schnürstiefel und die Mütze. Takeo sah aus, als schliefe er. Sein Gesicht war friedlich und die von der Kälte blau angelaufenen Lippen schienen ein trauriges Lächeln anzudeuten.

Der Mönch knöpfte die Pelzjacke auf. Als er mit der Hand unter die Weste nfasste, ertastete er in der Eiseskälte den doppelt gefalteten Brief. Er öffnete ihn in aller Eile. Begierig, beim Schein der Taschenlampe die Nachricht sofort zu lesen, bemerkte er zunächst nicht, dass der Brief an Tetsuko gerichtet war. Es war ihm, als höre er die Stimme von Takeo, warm und lebendig wie der Sommer, der unterm Winter begraben liegt.

Liebe Tetsuko,
ich möchte nicht sterben. Die Welt ist schön und ich hätte sie gern zusammen mit dir kennen gelernt. Aber ich kann nicht mehr kämpfen, alles tut mir weh und ich will nicht mehr die Zähne zusammenbeißen, wie ich es seit Monaten tue. Der Tod schreckt mich weniger als das Leben.
Ich bitte dich um Verzeihung. Vielleicht wirst du Kummer haben und ich habe kein Recht, dich leiden zu lassen. Aber ich weiß, dass du mich verstehen wirst. Nur du kannst mich verstehen, die anderen sind mir gleichgültig.
Mama wird weinen. Aber ich glaube, dass sie wie gewöhnlich vor allem versuchen wird ihren Gram zu verbergen. Vater wird sich meinetwegen schämen, er wird böse sein, weil ich gescheitert bin und die Familie in Unehre gebracht habe ...
Auch an die Schule denke ich, an meine Klassenkameraden, an den Lehrer. Er hat meine letzte Arbeit sicher beiseite gelegt – was wird er damit wohl machen? Und wie werden sie alle

die Nachricht aufnehmen? Wird es eine Feier in der Klasse geben, diesmal eine echte?
Im Grunde möchte ich nur dir, Tetsuko, zurufen: Leb wohl! Vergiss mich nicht. Die Welt möge zu dir weniger bösartig sein, als sie zu mir gewesen ist.
Ich hätte dir gern länger geschrieben, es gibt noch so viel zu sagen. Aber meine Finger erstarren vor Kälte, ich muss aufhören. Ich werde in den Wald gehen, als wärest du bei mir, ich werde weit, sehr weit gehen ...

Im Prozess gegen die Eltern, den Lehrer und die Schüler wurde niemand für schuldig oder unschuldig erklärt. Man fällt kein Urteil über eine verhängnisvolle Schicksalsfügung. Immerhin stellte das Gericht fest, dass der Lehrer seine Pflicht versäumt hatte, als er das gespielte Begräbnis in der Klasse duldete. Dafür erhielt er eine Strafe, die auf Bewährung ausgesetzt wurde.
Herr Hiroshi bat öffentlich um Verzeihung und ersuchte den Direktor um seine Entlassung, da er sich eine Schädigung des Ansehens seiner Schule vorzuwerfen habe. Der Direktor entsprach diesem Wunsch.
Der Unterricht wurde mit einem neuen Lehrer fortgesetzt. Kenzo ist jetzt der beste Schüler der Klasse. Yukio gilt als der beste Klassensprecher, den es seit langem gab. Aber häufig sitzt er nachdenklich auf seiner Bank im hinteren Teil des Klassenzimmers und schaut durch das Fenster hinaus zum Himmel.
Tetsuko hat einige Wochen lang geweint. In den Aprilferien fuhr sie dann in eine Ferienkolonie in Kansai. Dort fand sie eine Freundin, die sie sehr gern hat. Sie hat wieder angefangen zu lachen und zu träumen.

Gestern las ich im *Yomiyuri**, dass sich ein vierzehn Jahre altes Mädchen vom obersten Stock eines Hauses gestürzt hat, um den grausamen Verfolgungen durch ihre Mitschülerinnen ein Ende zu setzen.

Erläuterungen der im Text verwendeten japanischen Begriffe

Asakusa:	Der beliebteste Tempel in Tokio
Barbarellas:	Halbwüchsige, Halbstarke
Buddha von Kamakura:	Berühmte Statue eines großen Buddhas
Chogakko:	Grundschulklassen (6- bis 12-jährige Schüler)
Chugakko:	Untere Gymnasialklassen (12- bis 15-jährige Schüler)
Daymiyo:	Herr, Feldherr
Daruma:	Talisman in Gestalt eines rot gekleideten buddhistischen Mönchs, der Unheil abwenden und Erfolg bringen soll
Furo:	Kochend heißes Bad in einer tiefen Wanne, dem eine gründliche Reinigung vorausgeht
Go:	Ostasiatisches Brettspiel
Hakama:	Weite Plisseehosen
Hiraganas:	Japanische Silbenschrift, die die Schriftzeichen des Kanji ergänzt
Hokkaïdo:	Insel in Nordjapan
Kabuki:	Traditionelle japanische Theaterform
Kakizome:	Gedicht
Kamis:	Shintoistische Götter
Kanjis:	Japanische Schriftzeichen

3000 Kanjis des
Yomiyuri Shimbun: Tokioter Tageszeitung

Kotatsu: Niedriger Tisch, unter dem eine Fußheizung angebracht ist

Koto: Zither

Kotogakko: Höhere Gymnasialklassen (15- bis 18-jährige Schüler)

Mandukation: Mahlzeit der Mönche

Meido: Das Jenseits

Meiji jingu: Berühmter Tempel in Tokio

Nembutsu: Gebet für die Verstorbenen

O-Bon-Fest: Fest der Ahnenverehrung

Omijuki: Orakel

Patchinko: Spielsaal mit Spielautomaten

Sai-no-kawara: Fluss in der Unterwelt

Sakura: Kirschblüten

Samurai: Ritter im Dienst eines Feldherrn (Daymiyo)

Sasaki: Buchenähnlicher Baum

Shamisen: Saiteninstrument

Shichigosan: Feiertag am 15. November, an dem die Kinder, die 3, 5 und 7 Jahre alt sind, zum Tempel kommen, um den Segen der Götter zu erbitten

Shimade: Traditionelle Frisur, die zum Kimono getragen wird

Shinto: Der Shintoismus ist neben dem Buddhismus eine der zwei Hauptreligionen Japans

Shogun:	Japanischer Palastchef, vergleichbar mit einem Regierungschef
Sutras:	Lehrbücher im Sanskrit mit auswendig zu lernenden kurzen Sätzen über Opfer und gottesdienstliche Gebräuche
Sumiye:	Tintenaquarell
Sumo:	Ritueller Ringkampf zwischen besonders athletischen Kämpfern
Takenokos:	Jugendliche mit eigenwilligen Frisuren und auffälliger Kleidung, die sich bewusst als Randgruppe definieren
Tango no sekku:	Knabenfest, das am 15. Mai gefeiert wird
Tatamis:	Reisstrohmatten
U-Yokus:	Rechtsradikale Nationalisten
Washo:	Hau ruck!
Yomiyuri:	Abendzeitung
Yukata:	Weißblauer Kimono

Arena LIFE

Ilse Kleberger
Schwarzweißkariert

Die neue Lehrerin der 9a stellt fest, daß Jane die Klasse fest in der Hand hat. Jane ist die Tochter einer Berlinerin und eines farbigen amerikanischen Soldaten. Als Janes Mutter stirbt, nimmt die Lehrerin sie bei sich auf. In den Ferien fährt Jane auf Einladung ihres Vaters in die Südstaaten der USA. Dort gerät sie in einen tiefen Zwiespalt. Jane muß ihre Identität finden.
160 S. Arena-Taschenbuch – Band 2533. Ab 13

Arena
LIFE